Nikki pop

Jade Bérubé

D'après l'idée de Marc Britan

Nikki pop

Tome 2 : Le Premier Contrat

Michel Lafon

Dans la même série

Nikki Pop, *Le Rêve d'Émily*, roman, 2012.
Nikki Pop, *À l'aventure*, roman, à paraître.

Chez d'autres éditeurs

Komsomolets, Montréal, Marchand de feuilles, 2004.
Le Rire des poissons, Montréal, Marchand de feuilles, 2008.

118, avenue Achille Peretti
92521 Neuilly-sur-Seine Cedex
www.lire-en-serie.com

Pour Clarisse,
et pour tous les passionnés de musique

Chapitre 1

Tomber à genoux
Puis saigner encore
Mais tout oublier d'un coup
Chloé Lacasse, *Les Yeux d'un fou*

— Émily, c'est pour toiiiiiiiiii !

La voix d'Annick résonne dans tout le chalet. Et pourtant, celui-ci est très grand. Assez grand pour qu'on puisse trouver, sur le mur de la pièce centrale, une tête de bison. Empaillée, bien sûr. Mais une tête de bison quand même. Et un bison, je ne sais pas si vous le savez, mais c'est GROS.

Comme chaque été, Émily et sa mère passent les vacances dans ce chalet familial situé au bord d'un lac. Mais cette année, les vacances sont LUGUBRES. Des vacances de loups-garous qui ne redeviennent jamais humains.

Premièrement, il pleut tous les jours.

Pluie.

Pluie.

Pluie.

Pluie.

Etc.

Et deuxièmement…

Eh bien, deuxièmement, Émily a le cœur comme du gruyère. Plein de trous et mangé par les souris.

– C'est Marie-Pierre, dit Annick en tendant le téléphone à l'étrange créature rampante qu'est devenue Émily.

Dans le chalet, l'iPhone d'Émily ne capte pas (*Crotte!*), sauf si elle grimpe sur le gros rocher pointu devant le lac tout en tenant le téléphone EN L'AIR. Pourquoi ? Mystère. Une histoire de vent, il paraît. Quiconque a déjà tenté de rester debout sur un rocher pointu, le bras en l'air, sait fort bien que c'est…

IM-POS-SI-BLE.

Ou presque.

Disons qu'il faut avoir de la motivation. Et aussi beaucoup de temps à perdre, parce qu'on doit appuyer sur chaque lettre au moins (mille) deux fois, et qu'il est possible que le texto disparaisse dans la nature. Quand le vent tourne. *Pfff!*

Un appel de Marie-Pierre? réfléchit Émily en descendant l'escalier. Il est vrai que, chaque été, les deux adolescentes avaient l'habitude de passer une partie de leurs vacances ensemble au lac. Mais, ayant fait pour la première fois leur année scolaire dans des écoles différentes, Marie-Pierre et Émily se sont, disons, éloignées.

C'est une étrange dispute. Une dispute qui, en fait, n'en est pas vraiment une. C'est plutôt comme si le vent (encore lui!) les avait poussées dans des directions opposées. Tout simplement. Pfiouuuuuuuu! Parties. *Saleté de vent.*

Marie-Pierre a commencé à changer l'été dernier. Elle

portait des strings. Elle parlait toujours de garçons. Elle s'affichait sur Facebook en maillot de bain minuscule. Marie-Pierre s'est inscrite (*LA CHANCE!*) dans un collège public, mais la mère d'Émily a obligé celle-ci à aller au pensionnat Saint-Preux (*Saint-Prout!*).

Mais, surtout, SURTOUT, Marie-Pierre n'aime pas Emma, la nouvelle amie qu'Émily s'est faite à Saint-Prout. Une amie… spéciale, disons-le. Et, selon Émily, tout simplement géniale.

Marie-Pierre est Marie-Pierre. Émily la connaît depuis tellement d'années qu'elle n'arrive pas à intégrer l'idée qu'elles sont désormais, d'une certaine façon, en froid.

Maintenant que Marie-Pierre désire raviver leur amitié (*POURQUOI???*), Émily ne sait pas trop quoi faire. Elle a eu le cœur brisé lorsqu'elle a lu sur Facebook que Marie-Pierre avait une nouvelle «meilleure meilleure meilleure» amie. Elle aurait quand même pu le lui dire avant de l'écrire sur Internet, à la vue de tout le monde. Non?

Non?

La question est: pourquoi Marie-Pierre veut-elle maintenant reprendre contact? Elle est un peu insistante depuis quelque temps et Émily se sent… hum…

Comme un bouche-trou.

C'est un sentiment horrible.

Avez-vous déjà été un bouche-trou?

Horrible.

Marie-Pierre l'a délaissée pendant toute l'année sous prétexte qu'elle était MOINS COOL que ses nouveaux amis du collège public. (*Gnégnégné!*) Et voilà qu'avec le retour de l'été, elle veut de nouveau être son amie.

Elle lui a d'ailleurs envoyé plein de mails et de textos

depuis quelques semaines. Elle a même recommencé à lui écrire sur Facebook. Et maintenant, un appel ? Au chalet ?

Ouais. C'est du sérieux.

– Hello, Émil ! dit la voix de Marie-Pierre dans le combiné.

– Salut.

– Comment ça va ?

– Heu… bien, et toi ?

– Ça va.

Émily est mal à l'aise et, visiblement, Marie-Pierre l'est aussi. Sa voix est beaucoup trop enjouée pour être normale. Hello !? HELLO ?! Pourquoi pas carrément « youpi » ? On dirait que Marie-Pierre va se mettre à chanter « youpidou didi dadou » après chaque mot.

– Tu es au chalet ? poursuit-elle en chantonnant presque.

– Ben oui, Marie, c'est ici que tu viens d'appeler !

– Oh, ben oui, je suis débile ! fait Marie-Pierre en riant un peu faux. Est-ce qu'il pleut là-bas aussi ?

– Ouais.

– Hey ! Il pleut beaucoup cet été, hein ? Ha ha ha ha ha ! Depuis qu'on est revenus de voyage, il pleut !!! Ha ha ha ha ha ! Je vais finir par avoir la peau ridée comme en sortant du bain. Ha ha ha !

Je vais faire une overdose de rires exagérés, se dit Émily.

Marie-Pierre part tous les étés en voyage avec ses parents et sa grande sœur pendant un long mois. Avant, elle venait rejoindre Émily au chalet pour le reste des vacances. Son arrivée coïncidait souvent avec les festivités du lac, et les deux filles profitaient à fond de toutes les activités sur la plage.

Cette année, Émily a lu sur Facebook que Marie-Pierre

allait à Dubaï, dans un hôtel méga luxueux. *Où c'est, Dubaï? Aucune idée. Trop pas intéressant.*

De toute façon, rien n'est intéressant depuis que Will est parti. Plus rien.

– Ouais, il pleut depuis le début de l'été ici aussi, répond Émily.

– Il faisait tellement beau à Dubaï. Je vais perdre tout mon bronzage!

Émily ne peut s'empêcher de lever les yeux au plafond, même si elle sait que son amie ne la voit pas. Marie-Pierre a toujours eu un petit côté *girly*, mais depuis un an, on dirait qu'elle s'est fait greffer le cerveau d'une Barbie.

– Est-ce que tu vas aux grenouilles? poursuit Barbie.

«Aller aux grenouilles» signifie enfiler un imperméable et des bottes de pluie vraiment laides pour ensuite se frayer un chemin dans le petit marécage (*Beurk!*) muni de seaux et de filets. C'était une activité qu'Émily et Marie-Pierre pratiquaient avec beaucoup d'enthousiasme quand il ne faisait pas assez beau pour se baigner. Mais l'année dernière, Marie-Pierre a voulu faire fumer une grenouille pour rire.

Ce n'était pas drôle du tout, finalement.

– J'y suis allée deux ou trois fois, répond Émily, mais juste pour voir les têtards.

– Y en avait beaucoup?

– Pas mal.

Cette conversation est épouvantable, se dit Émily. *Il faudrait que le téléphone prenne feu dans ma main pour qu'il se passe quelque chose. Pour le moment, c'est chiant comme une télé pas allumée. Ou pire: une télé* allumée *sur la chaîne Histoire.*

– Qu'est-ce que tu vas faire pendant le reste des vacances ? demande Émily.

– Je sais pas trop.

– Est-ce que tu vas voir machin-truc, là… heu… Jessica ?

– Nan, elle travaille tout l'été. Elle fait comme un genre de stage de ménage dans les parcs.

– Un genre de stage de ménage ?

– Ouais, j'ai pas trop compris, mais elle travaille tout l'été.

C'est donc ça, pense Émily. *Marie-Pierre s'ennuie. Sa nouvelle meilleure meilleure meilleure amie n'est pas disponible pour faire des trucs avec elle.* Elle est vraiment un bouche-trou confirmé. Émily le bouche-trou. Émily le bouche-trou. Émily le bouche-trou.

Ouais…

Émily s'ennuie, elle aussi. Emma travaille tout l'été comme monitrice bénévole dans un centre aéré. Et William… William, c'est trop difficile de même y penser.

– Et toi, tu passes l'été avec quelqu'un ? lance Marie-Pierre.

– Non.

– Ah.

– Je prends des cours de planche à voile deux fois par semaine au centre nautique. Mais c'est tout.

– Ah oui ? Et c'est sympa ?

– Ben, c'est difficile. Mais j'aime bien.

En fait, Émily déteste. Sa voile tombe toujours dans l'eau, et quand on est néophyte comme elle, ça demande une force de cheval enragé pour la relever. En plus, elle n'a toujours pas compris comment « aller dans le sens du vent » pour ne pas se prendre la voile dans la figure (*Gros gros aïe !*), et elle a mal aux genoux à force de les garder pliés. Mais elle persévère parce que la planche à voile, c'est une planche.

Une planche comme dans surf. Comme dans skate. Comme dans William.

– Et le reste du temps, qu'est-ce que tu fais ?

– Pas grand-chose.

– Ah.

Un silence s'installe. *C'est maintenant que ça se joue*, se dit Émily. *Si je l'invite, elle dira sûrement oui.* Peut-être est-ce une bonne idée, au fond. Être avec Marie-Pierre la distraira. Et Émily a vraiment besoin de se distraire. Pleurer tous les jours, ça craint un max. Un max dans le sens d'« yeux un max gonflés ». Tous les matins, elle a l'air d'une grenouille.

Tiens. Elle a tellement l'air d'une grenouille qu'elle pourrait aller aux grenouilles et leur dire : « Hé, les copines ! On se fait une soirée mouches ? »

Si Marie-Pierre venait, elles pourraient peut-être faire les folles ensemble comme avant. Faire des concours de natation synchronisée dans le lac, se perdre dans les sentiers avec une boussole, faire griller des marshmallows jusqu'à ce qu'ils prennent feu, observer les étoiles, couchées dans l'herbe, et capturer des lucioles dans des bocaux. *Ouais ouais ouais...*

S'il pouvait au moins se mettre à faire beau...

– Tu veux venir au chalet ? s'entend demander Émily.

– Ah ? Heu... ben... peut-être, oui...

– Oh, Marie, fais pas comme si t'y avais pas pensé, c'est POUR ÇA que tu m'appelles.

– Non non ! Je voulais... heu... hum hum... prendre des nouvelles.

– Mouais. Tu t'ennuies à mourir, pis ta sœur commence à te taper sur les nerfs.

– Ha ha ha ! Ouais, un peu.

– Je te connais, tu sais.

– Tu m'invites ?

– Ben oui, évidemment, dit Émily, soudainement excitée.

– OK!!! Samedi ? Je pense que mon père m'accompagnera. Il est drôle depuis quelque temps, on dirait qu'il VEUT passer du temps avec moi. C'est gros comme le bras. Il essaie d'avoir des DISCUSSIONS D'ADULTES avec moi, tu vois le genre ? Il est fatigant !!!

Émily comprend. Elle a remarqué que sa mère fait tout pour tenter de lui remonter le moral depuis le début des vacances. Elle la suit partout avec des pichets de limonade, du melon taillé en frisettes (*Hum, rapport ?!*), du céleri tournicoté dans l'eau (*Re-hum !?*), et tout et tout. Mais voir les yeux inquiets de sa mère se poser sur elle toute la journée lui fait juste encore plus mal, et Émily tente par tous les moyens de la fuir.

Une situation complètement débile. On dirait des hamsters qui courent en rond. Ce n'est vraiment pas facile de fuir sa mère quand on n'est pas en ville et qu'il faut faire des heures de pédalo pour se rendre au village !

Imaginez quand il pleut !!! Se sauver en pédalo sous la pluie ? Nooon.

Pluie.

Pluie.

Mère avec un jeu de cartes.

Pluie.

Pluie.

Mère qui commente *Twilight* pendant tout le film.

Pluie.

Pluie.

Pluie.

Mère qui essaie de chanter du Rihanna (*Brrr!*).

Etc.

– Ouais, je vois le genre, je pense, dit Émily.

– On se voit samedi, alors ?

– Oui !

Émily raccroche en souriant. En souriant ! Son premier sourire des vacances. Pas un faux sourire pour faire plaisir à sa mère qui a cuisiné (*CUISINÉ!!!*) l'autre soir au lieu de réchauffer les petits plats qu'avait préparés Mme Alvez.

Non, un vrai sourire. Elle a hâte de voir Marie-Pierre. Oui, elles iront aux grenouilles. Et elles resteront éveillées toute la nuit pour se raconter des histoires effrayantes. Des histoires où le pire qui peut arriver, ce n'est pas de perdre son meilleur ami, mais bien de se retrouver face à un tueur en série.

Ce qui est beaucoup moins effrayant…

Chapitre 2

De : Émily Faubert (emilfaubert@hotmail.com)
À : William Beauchamp (willskate@gmail.com)
Objet : Message nº 18
Salut, Will, c'est encore moi. Je t'écris encore en direct du rocher pointu. Devine qui m'a appelée aujourd'hui ? Mon amie Marie-Pierre. Elle va venir me rejoindre ici. J'espère qu'il va se mettre à faire beau. S'il te plaît, Will, réponds-moi. Réponds-moi.

Postmaster@mail.hotmail
Delivery status notification (failure)
The following message could not be delivered :
Salut, Will, c'est encore moi. Je t'écris encore en direct du rocher pointu. Devine qui m'a appelée aujourd'hui ? Mon amie Marie-Pierre. Elle va venir me rejoindre ici. J'espère qu'il va se mettre à faire beau. S'il te plaît, Will, réponds-moi. Réponds-moi.

Chapitre 3

– Salut, Émily !

– Bonjour, monsieur Thibault !

Le père de Marie-Pierre claque la portière de la BMW. Annick ferme son ordinateur portable et descend de la véranda avec son verre de vin.

– Bonne route, Yves ?

– Oui, c'était tranquille.

– Salut, Marie-Pierre ! Ça faisait longtemps !

– Ouais.

– Comme ça, tu viens passer un petit peu de temps avec nous ?

– Ben oui.

– C'est une bonne idée, ça va faire du bien à Émily. Je travaille toute la journée. Et elle est un peu pâlotte cet été.

– Ben, il pleut tout le temps ! répond Émily d'un ton sec.

Elle veut mourir. Elle DÉTESTE quand sa mère parle d'elle comme si elle n'était pas là.

– Tu veux un verre, Yves ? demande Annick.

– Non non, je repars tout de suite, je déposais juste Marie-Pierre. Ça nous a permis de discuter, dit-il en faisant un clin d'œil à sa fille.

– Oui, répond Marie-Pierre en traînant un sac lourd.

– OK, bye, la puce, poursuit Yves. Profite bien du lac, veinarde !

– Oui oui.

Le père de Marie-Pierre est complètement à côté de la plaque, pense Émily. *Depuis quand Marie-Pierre est-elle veinarde d'*être *au bord d'un lac alors que sa famille voyage partout dans le monde ? Hum. Il y a anguille sous roche. Et pourquoi dit-on* anguille*? Pourquoi pas* blatte ? D'ailleurs, Marie-Pierre a l'air mortifiée devant l'attitude de son père. D'où ça sort, ce ton de père poule ? M. Thibault n'a jamais parlé à sa fille comme ça…

– Bon, ben j'y vais, lance celui-ci en se rasseyant derrière le volant. Bon chalet, les filles ! Amusez-vous bien.

– C'est ça ! fait Marie-Pierre, agacée.

– Au revoir, monsieur Thibault.

Les deux filles regardent la voiture reculer dans l'allée et s'engager sur le chemin de terre.

– Vous voulez un Esquimau, les filles ? demande Annick en rentrant dans le chalet.

– OK, répondent-elles en chœur, gênées.

L'ambiance est ultrabizarre. Marie-Pierre n'est pas habillée pour une virée à la campagne. On dirait plutôt qu'elle s'apprête à sortir dans un bar. Son visage est recouvert de fond de teint très épais (*Heuuu !? Et en plein été ! Re-heuuuuu !!?*), et elle a mis une minijupe et des chaussures à talons qui ne lui permettent que de faire de tout petits pas. Pas évident sur une allée de graviers.

Émily porte encore son pantalon de pyjama à rayures et un débardeur Calvin Klein à larges bretelles. Elle a l'impression d'être la petite sœur de son ancienne meilleure amie. Surtout que sa mère vient de leur offrir un Esquimau.

UN ESQUIMAU ! Un peu plus et elles vont toutes les trois décorer des œufs de Pâques ou faire un atelier pâtisserie.

– Une chance qu'il fasse beau ! dit Émily.

– Ha ha ha ! Ouais ! s'exclame Marie-Pierre en riant.

Émily sourit. Annick revient avec les Esquimau (*ROUGES !*) et se réinstalle sur la véranda avec son Macbook Air, non sans faire un clin d'œil à Émily.

Quoi ? Qu'est-ce qu'ils ont tous à faire ami-ami, les parents ? se demande-t-elle. Oui, Marie-Pierre a un drôle de look. En fait, elles ont toutes deux l'air un peu débilos avec leur Esquimau et leur malaise. Oh. C'est peut-être pour ça que sa mère rigole ? Mouais.

– On descend au lac ? lance Émily.

– Ouais.

– OK.

Les deux filles empruntent le petit sentier en pente qu'elles ont si souvent parcouru les étés précédents. Marie-Pierre a enfin la bonne idée de retirer ses chaussures et descend en les tenant à la main. On dirait que tous les moustiques de la région tournent autour d'elle. *C'est quoi, aussi, l'idée de se mettre du PARFUM avant de venir ici ?! Et autant !!?*

Elle sent… elle sent… le muffin.

– Tu sens le muffin.

– Oui, c'est à la vanille, en fait.

– Oh.

Émily et Marie-Pierre sautent sur le ponton en bois construit il y a plusieurs années. C'est sur ce ponton qu'elles ont un jour inventé le jeu « saute-ballon », où il faut attraper le ballon en l'air en sautant dans le lac. Selon Émily, c'est super cool comme jeu. C'est aussi sur ce ponton qu'elles ont toutes les deux rêvé d'embrasser un garçon. Marie-Pierre a longuement parlé de Piscine Plus l'été dernier, sur ces mêmes planches. Et aujourd'hui…

Aujourd'hui, Piscine Plus a un nom. Il s'appelle Jérémie Granger et va à l'école d'Émily. À la fin de l'année, il l'a embrassée. Et ça a tout chamboulé.

– Eh ben ! lâche Marie-Pierre, comme si elle avait lu dans les pensées d'Émily en s'asseyant au bout du ponton, les jambes dans l'eau.

Sa jupe est si courte qu'Émily pense avec horreur que les fourmis pourraient facilement grimper jusqu'à… heu… *Brrr.*

Le lac est calme à cette heure de la journée. Les scooters des mers font leur apparition seulement dans l'après-midi, et seuls quelques pédalos passent de temps en temps. Mais comment Marie-Pierre fera-t-elle pour monter sur un scooter des mers tout à l'heure ? Mystère.

J'espère qu'elle a apporté des vêtements plus… heu… simples, pense Émily.

– C'est beau, ton foulard dans les cheveux, dit-elle en s'asseyant à côté de son amie.

– Merci. Je l'ai acheté à Dubaï. Je trouvais ça beau, un foulard noué comme ça. Ça donne un look un peu pouchonne, j'aime bien.

– Heu… « pouchonne » ?

– Ben oui, pouchonne. Belle gosse. Sexy. Tu vois ?

– Ah ouais, ouais.

Mais Émily n'a jamais entendu ce mot. *Pouchonne ? On ne dirait pas que ça veut dire* sexy. *On dirait même le contraire. Pouchonne ? Hum.*

– Et puis ça cache un peu mes cheveux.

Les cheveux TROP FRISÉS de Marie-Pierre. LE sujet tabou.

– C'est vraiment beau, en tout cas.

– Merci.

Émily croque dans son Esquimau. Ça fait peut-être un peu bébé de croquer dans un Esquimau au lieu de le sucer, mais l'Esquimau est vraiment trop bon. *Vive ma mère, finalement.*

– Alors, quand est-ce que tu me parles de ce qui s'est passé avec Jérémie ? lance Marie-Pierre en regardant le lac et en se tapant sur le bras pour écraser un moustique.

Et en se retapant sur le bras pour écraser un nouveau moustique.

Et en se retapant sur le bras pour…

Et en gesticulant en se tapant partout.

Gloups ! Émily avale de travers sa bouchée d'Esquimau. *Parler de Jérémie ? Pas sûre d'en avoir envie*, se dit-elle.

– Ben oui, Émil, poursuit Marie-Pierre qui gesticule tellement qu'elle est sur le point de se lever pour mieux faire fuir les insectes. Si on veut passer de bonnes vacances, on ferait mieux de régler ça tout de suite, et… Ah, saletés de moustiques ! Heu… tu trouves pas ? On en parle une fois, et… Ah, les moustiques ! Scuse. Et puis c'est fini.

– Ouais, t'as peut-être raison.

– Bien sûr que j'ai raison. Ah, mais c'est quoi tous ces moustiques ?!

– Qu'est-ce que tu veux savoir ?

– Est-ce que tu sors avec lui ? OOOOH, LES MOUSTIQUES !

– NON !

Émily a presque crié. Bien sûr, elle a rêvé toute l'année

de Jérémie Granger. Il a occupé presque toutes ses pensées. Mais elle a aussi découvert en elle une chose nouvelle, le désir de chanter. Le besoin de chanter. L'amour de la musique. Encore plus fort que l'amour qu'elle pensait éprouver pour Jérémie.

Et l'amour... l'amour pour William.

Mais William...

– OK, OK, dit Marie-Pierre qui se rassoit en abandonnant la guerre contre les moustiques.

Une famille de taons se pose alors sur son foulard et décide d'y prendre un petit bain de soleil. C'est très drôle.

– C'est juste que sur Facebook... reprend Marie-Pierre.

– Il se dit plein de trucs sur Facebook, Marie. T'en sais quelque chose.

– Oui, mais Jérémie, sur son Facebook, il dit qu'il sort avec toi.

– Je suis sûre que c'est pas EXACTEMENT ça qu'il dit.

– Ben...

– Bon, tu veux savoir? OUI, je l'ai embrassé. Et le pire, c'est que j'étais contente de l'embrasser, OK? J'étais CONTENTE! crie Émily en se mettant soudain à pleurer.

Ah non. Pas encore. Elle est vraiment ÉPUISÉE de pleurer. Et cette fois, avec son Esquimau et son pantalon de pyjama rayé, on dirait qu'elle se sent encore plus malheureuse. Encore plus minable. Elle se fait pitié, c'est épouvantable.

Une pauvre ado en chagrin d'amour habillée comme une gamine de CP, avec un Esquimau. Et vêtue d'un débardeur avec une tache de glace.

Marie-Pierre fait de petites vagues avec ses pieds nus.

Elle ne pensait pas provoquer une telle crise et regarde l'eau bouger en se demandant comment réagir.

– Émil, je savais pas que c'était si grave, commence-t-elle d'une petite voix. Je pensais que tu sortais avec lui, c'est tout. Et je voulais en parler parce que… tu sais. AAAAAH, SALETÉS DE MOUSTIQUES !!! IL Y EN A PLEIN SUR MON FOULARD !!! crie-t-elle en le dénouant pour en fouetter l'air.

– Scuse, poursuit-elle en posant le foulard sur le ponton. Je voulais savoir si vous étiez VRAIMENT ensemble. Je savais pas que t'étais en chagrin d'amour. Je comprends plus rien, là. Lui, il dit que…

– Mais c'est NORMAL que tu comprennes rien, t'étais PAS LÀ !

Tu m'as laissée tomber TOUTE L'ANNÉE ! songe Émily sans le dire à voix haute. Mais ce n'est pas le moment de commencer à se disputer avec Marie-Pierre, alors qu'elles vont être ensemble ici pendant un mois.

– Alors, explique-moi, dit calmement Marie-Pierre dont les cheveux frisés ont déjà commencé à gonfler maintenant qu'ils ne sont plus comprimés dans du tissu.

Émily pousse un gros soupir.

– On n'en parle plus ensuite ?

– Promis. Mais dépêche-toi parce que je me fais bouffer par les moustiques. T'as vu ce qu'ils ont fait sur mon foulard ??? On dirait qu'ils ont fait pipi dessus !

– J'ai craqué pour Jérémie et…

– HA HA HA HA ! Tu disais toujours que tu le trouvais banal !

– LAISSE-MOI FINIR ! J'ai craqué pour lui APRÈS toi.

C'était pendant l'année. Il faisait de la musique, et moi, ben, j'en fais aussi.

– J'ai su ça aussi. Sur Facebook…

– ARRÊTE avec Facebook ! Tu veux ma version ou tu veux celle de Facebook ?

– OK, scuse.

– Bon. Qu'est-ce que je disais ?

– T'as craqué. Hi hi hi. HA ! crie soudain Marie-Pierre. Je viens d'en écraser un ! Youpi ! Bye-bye, moustique.

– Oui, bon, j'ai craqué, je l'avoue. Mais je suis PAS amoureuse de lui. Je suis pas amoureuse… répète Émily en pleurant de nouveau.

Parler de ça est trop difficile. Émily a l'impression d'avoir une tronçonneuse dans le ventre. Elle a l'impression que son corps va s'ouvrir en deux si elle continue d'en parler.

– Mais enfin, Émil, qu'est-ce qui s'est passé ? demande Marie-Pierre en prenant enfin son amie dans ses bras.

– C'est William… William… Il est parti.

Émily suffoque. Mais, en même temps, cette crise de larmes lui fait étonnamment du bien. Pleurer toute seule et se morfondre en solo, ça fait mal. Pleurer dans les bras de son amie, c'est mieux. Même si c'est une amie qui est habillée comme une… Quoi déjà ? Une pouchonne. Et même si son cou est beaucoup trop parfumé. *De l'air. De l'air ! Pfff ! Pffff ! Pffff !*

Morte asphyxiée par une odeur de muffin.

Drôle, non ?

Non.

Émily n'a même plus l'énergie de se trouver drôle.

– OK, je pense que je commence à comprendre, dit Marie-Pierre.

Puis elle se tait et laisse le silence du lac tout avaler. Avaler les disputes d'amies. Avaler les chagrins d'amour. Avaler les talons hauts. Avaler les Esquimau en train de fondre sur le bois du ponton.

Chapitre 4

– Hé ! On fait un concours de natation synchronisée ?

– Non. Je veux pas mouiller mes cheveux.

– Ah oui, c'est vrai.

Marie-Pierre et Émily sont étendues sur des serviettes à la plage du lac. Ça fait deux semaines qu'il fait soleil tous les jours. *Il fallait que Marie-Pierre vienne me rejoindre pour qu'il se mette à faire beau*, pense Émily.

C'est bien le seul avantage de sa présence au chalet. Parce que, pour les promesses d'activités, c'est raté. Marie-Pierre ne veut jamais rester au chalet et veut toujours descendre à la plage. Or, elle refuse de participer aux jeux organisés sous prétexte qu'ils sont nuls. Émily trouve que ce qui est nul, c'est de rester étendue sur une serviette pendant des heures.

Zzzzzzz...

– Dis donc, il faudrait aller faire un tour ce soir au 14-17, non ? dit Marie-Pierre en se redressant.

– Hein ? Marie, on s'est toujours moquées de cet endroit ! Tu te rappelles pas qu'on trouvait que ça avait vraiment l'air NASE ?

– Ben, c'est peut-être parce qu'on était trop jeunes pour avoir envie d'y aller ?

Marie-Pierre a piégé Émily. Si celle-ci dit qu'elle n'a pas

envie d'y aller, elle va avoir l'air bébé. Et une chose est sûre, Marie-Pierre n'a plus rien d'un bébé. C'en est même énervant, parce qu'elle passe des heures chaque matin à se pomponner alors qu'elles vont se baigner ! *Se pomponner avant de se BAIGNER! Franchement.*

Marie-Pierre ne se met plus jamais la tête sous l'eau. Elle nage comme une vieille, en laissant ses cheveux et ses boucles d'oreilles hors de l'eau. *Pfff!*

– On peut aller voir, si tu veux, répond Émily sur un ton mal assuré.

– Yesssss ! On va aller draguer un peu. Ça va nous faire du bien.

Pourtant, c'est ce que Marie-Pierre fait depuis son arrivée : draguer sur la plage. Alors, draguer au 14-17 ? Au secours ! Ce bar pour ados est rempli de mecs avec des demi-barbes et de filles qui rient trop fort. Émily n'a pas du tout envie de l'essayer, mais elle n'a pas tellement le choix. Elle ne peut pas laisser Marie-Pierre y aller toute seule. Déjà qu'elle la laisse deux heures par semaine pour les cours de planche à voile. Laisser Marie-Pierre seule signifie la retrouver en compagnie de garçons qui ne savent dire que « genre cool style ».

Émily s'est amusée à les baptiser les GCS.

Marie-Pierre se lève et marche vers l'eau en se dandinant. Émily la trouve complètement ridicule. Leurs vacances ensemble ne se révèlent vraiment pas aussi amusantes que prévu. Marie-Pierre ne pense qu'à être sexy. Bye-bye les randonnées, les pique-niques, les lucioles. Bonjour la laque, les œillades au surveillant de plage (qui est beaucoup trop maigre, et a un gros nez et trois poils en croix sur chaque joue), l'odeur de muffin et…

L'iPhone.

Marie-Pierre veut toujours mettre à jour son statut Facebook et Twitter. Comme on ne capte pas au chalet, elle en profite lorsqu'elles sont au village. Résultat, elle ne fait que regarder son iPhone et prendre des photos de mecs avec son iPhone.

Elles ne peuvent jamais se baigner en même temps, parce qu'il doit toujours y en avoir une qui reste sur la plage pour surveiller l'iPhone.

Émily se sert quelquefois de son propre iPhone sur le rocher pointu. Mais des vacances sans iPhone, c'est bien aussi. Surtout après ce qui s'est passé. Émily n'a plus du tout envie d'aller voir ce qui se dit sur Facebook. La vidéo de la soirée Amateurs durant laquelle elle a embrassé Jérémie a beaucoup circulé et a généré, semble-t-il, beaucoup de commentaires.

Bref, c'est un vrai cauchemar.

Émily se rend bien au cybercafé du village parfois, pour prendre des nouvelles d'Emma et de son centre aéré. Elle y va aussi pour faire des comptes rendus à Mme Gentilly.

Émily a recommencé à prendre soin de sa voix. Après avoir tout arrêté pendant plusieurs semaines, elle fait de nouveau ses exercices tous les matins. Elle n'a pas oublié que Luc Trahan, le plus grand agent d'artistes du pays, veut la rencontrer à la rentrée. Et Ann Gentilly se charge de le lui rappeler.

« Tu vas rencontrer le plus grand assassin de talents du monde, il faut que tu te prépares. »

Mme Gentilly n'aime pas Luc Trahan. Mme Gentilly n'aime pas Lola Smith. Mme Gentilly n'aime pas Rihanna. *Mme Gentilly n'aime pas la musique pop*, pense Émily.

Émily n'écrit jamais à Jérémie.

Il l'a presque harcelée pendant les derniers jours d'école, mais Émily était occupée à tenter de convaincre William de lui pardonner. Pendant tout le dernier mois, celui-ci s'est contenté de l'écouter en plongeant ses yeux verts dans les siens, mais il ne répondait jamais.

Puis, le dernier jour d'école, il lui a enfin adressé la parole. Et ses mots, Émily ne les oubliera jamais.

– Je ne te suivrai pas, Émily. Mais je te souhaite bonne chance. Sincèrement.

Elle a appris par Emma qu'il s'est inscrit dans une autre école pour la rentrée prochaine. C'est donc fini. Et la douceur avec laquelle il lui a dit « bonne chance » lui a fait encore plus mal que s'il le lui avait crié à la figure. Depuis, ses mails ne lui arrivent jamais. Il a dû bloquer son adresse.

– Tu pourrais aller sonner chez lui, lui a suggéré Marie-Pierre un soir.

Mais Émily sait bien que non. Elle connaît William. Sa douceur a été encore plus tranchante qu'un couteau. Elle l'a blessé. Il ne mérite pas qu'on le dérange chez lui. Surtout pour des excuses qu'il a déjà entendues et acceptées. Ce n'est pas une question de pardon, et Émily le sait.

Elle l'a déçu. Et ça, rien ne peut le réparer.

– Minouminouminouminouminouminouminouminou.

Triplecrotte, c'est l'iPhone de Marie-Pierre! Son amie a choisi comme sonnerie une voix qui appelle son chat. Très drôle quand on est deux pour en rire. Très gênant quand on est seule sur la plage.

– Minouminouminouminouminouminouminou.

Émily regarde Marie-Pierre qui est en train de parler à deux mecs (sûrement des GCS !) appuyés sur la palissade de la plage. Elle se tient de dos et est beaucoup trop loin pour entendre Émily. Celle-ci résiste trois secondes à la tentation.

Un… « Minouminouminouminouminou. »

Deux… « Minouminouminouminouminou. »

Trois… « Minouminouminouminouminou. »

Puis elle décroche.

– Allô ?

– Salut, la puce, c'est papounet.

Pfffffff mouha! ha ha ha ha ha ha! Marie-Pierre peut bien s'habiller en femme autant qu'elle veut, son père l'appelle sur son iPhone en disant la puce *et* papounet*! Hé hé hé hé* hé !

– Bonjour, monsieur Thibault, c'est Émily.

– Ah ! Émily ! Comment allez-vous, les filles ?

– Bien. Marie-Pierre se baigne et moi, je garde son iPhone.

– Ah ! Heu… je voulais juste prendre des nouvelles. Ça se passe bien ?

– Ben… heu… oui… heu… oui.

– Je suis content que Marie-Pierre passe du temps avec toi. Ça va lui faire du bien.

– Ah ?!

– Oui, tu sais, faire des choses de son âge…

– Ah ouais, répond Émily qui ne comprend rien du tout.

– Bon, ben, tu lui diras que j'ai appelé.

– OK.

– Bye !

– Bye !

Marie-Pierre est toujours en compagnie des deux imberbes en bermudas trop larges. Ils doivent avoir au moins seize ans et ils ont l'air idiots, même de loin. Mais Émily en a marre d'être toute seule. Elle prend le sac de Marie-Pierre et décide d'aller les rejoindre.

– Oh, ça, c'est Émily, une amie, dit Marie-Pierre.

– Salut ! lancent les deux losers.

Émily réalise que l'un d'entre eux aimerait avoir un petit bouc sur le menton, mais qu'il n'a vraiment pas assez de poils.

– C'est Frank. Et puis… heu… Louis.

Frank le bouc et Louis le sac d'os, oui. Et puis, ils ont dans la bouche un chewing-gum si gros qu'il ne reste plus de place pour leur langue. *Smash smush smiche !*

– Ils nous invitent au 14-17 ce soir.

– Ah oui ?

– Ben smuchgommesmash, si ça vous smichgommesmsech.

– T'es blême ? OUI, ça nous tente, répond Marie-Pierre en faisant une moue bizarre avec sa bouche.

« T'es blême ? » Qu'est-ce que ça veut dire encore ? Émily apprend de nouvelles expressions tous les jours avec Marie-Pierre, qui possède tout un nouveau jargon. Pouchon, pouchonne, grizon, grizonne, blême, syke, etc.

– Ben on vous smuchgommesmiash attend là, alors ?

– Oui, à ce soir !

– OK, smushsmashcool.

Marie-Pierre et Émily retournent vers leurs serviettes.

– C'est qui, ces deux débilos ?

– Sont mignons, hein ? Et puis, les deux ont une voiture. Bon, des voitures ordinaires, genre des Honda, mais c'est déjà ça.

– Sérieux, Marie, ç'a pas l'air d'être des lumières.

– Comment tu le sais ? Tu leur as parlé une seconde et quart.

– Une seconde et quart de trop.

– Ben voyons !

– Hey, on passe pas la soirée avec eux, hein !

– Pourquoi pas ? Ça va être supercool. Ils vont nous faire faire un tour de voiture. Et ils vont tout payer.

– C'est sûr que c'est vraiment SEXY de se faire payer du jus de pomme. C'est un bar sans alcool !

– Arrête, on va s'éclater, dit Marie-Pierre en pianotant sur son iPhone.

Elle doit être en train d'écrire un nouveau statut qui ressemble à « Vive le 14-17 » ou « Vive les Honda ».

(Soupir.)

– En passant, ton père a appelé pendant que tu étais partie.

– Ah ouais ? Et t'as répondu ?

– Ben, ton téléphone sonnait ! Ç'aurait pu être important !

– Du genre ?

– Du genre, j'sais pas moi, il y a le feu chez vous.

– Pfffff.

– En tout cas, j'ai répondu, et ton père, il est vraiment bizarre.

– Comment ça ? dit Marie-Pierre en levant enfin les yeux de son téléphone.

– Ben, il a fait toutes sortes d'allusions à tes vacances avec moi.

– Ah !

– Il s'est passé quelque chose à Dubaï ?

– Non, répond Marie-Pierre en pianotant de nouveau.

– T'es sûre ?

– Hey, t'es pas ma mère, à ce que je sache !

– C'est pas la peine d'être méchante. Je posais la question, c'est tout.

– Non mais c'est vrai, t'es un peu bébé, Émil.

– DE QUOI ?

– C'est vrai. Tu veux qu'on joue dans l'eau comme si on avait encore neuf ans, tu veux qu'on fasse des « randonnées ». Un herbier, tant qu'on y est ? Depuis que tu t'es inscrite sur Facebook, je pensais que t'étais devenue plus cool et qu'on pourrait faire les folles un peu. Mais toi, tu penses qu'à faire des trucs de gamine.

– C'est pas être GAMINE de s'amuser dans un lac ! C'est toi qui es devenue trop vieille ! Tu veux jamais te mouiller les cheveux. C'est débile ! On est à la plage ! Pas dans un salon de coiffure ! Et tout ce qui t'intéresse, c'est de parler aux mecs. N'IMPORTE LESQUELS ! Tu veux jamais rester dans la maison ! C'est toi qui es chiante, Marie-Pierre Thibault.

– En tout cas, moi, je passe pas mes vacances à sauter dans des flaques d'eau.

– Et alors ? C'est marrant de sauter dans les flaques d'eau !

– Tu t'amuserais mieux avec ton autre amie, là, la souris. Vous pourriez jouer aux Charming.

– C'EST PAS UNE SOURIS !!!

Les deux filles restent silencieuses un moment. Émily sait bien que leur amitié est fragile. Elles ont fait semblant de pouvoir dépasser toutes leurs nouvelles différences, mais depuis un an, elles prennent des chemins séparés. *C'est ça, l'adolescence ? Perdre ses amis d'enfance ? Pas super.*

– Je m'excuse, Émil, dit Marie-Pierre en regardant les

grains de sable entre ses orteils. Le prends pas mal, OK, mais je pense que je vais rentrer chez moi.

– Je pense que c'est une bonne idée, oui.

C'est l'été le plus triste de toute sa vie. Plus triste encore que l'été où elle avait ramassé des escargots dans un buisson pour les retrouver tout secs (et morts) sous son lit le lendemain. Plus triste que l'été où elle s'était cassé le poignet. Plus triste que le premier été sans la famille Faubert, la famille de son père.

Heu… non, elle ne sait pas. Ne se rappelle pas. Elle était trop petite.

– OK.

– OK.

Émily et Marie-Pierre font le tour du lac à pied pour revenir au chalet. Elles parcourent tout le trajet en silence. Elles entendent seulement le bourdonnement des moustiques autour du foulard parfumé de Marie-Pierre. *Vroum vroum vroum.*

Elles s'arrêtent pour s'acheter des bouteilles d'eau à l'épicerie. Émily regarde la revue *Fun Fun*. C'est la chanteuse Lola Smith en couverture. Lola Smith dont l'agent est Luc Trahan.

Émily fera-t-elle un jour la couverture de la revue *Fun Fun*?

«TOUT SUR LA SÉPARATION DE NIKKI POP ET DE WILLIAM BEAUCHAMP. ELLE LUI A BRISÉ LE CŒUR.»

Ouais. Pas génial.

«NIKKI POP PERD UNE AMIE D'ENFANCE. ELLE RACONTE TOUT.»

Hum.

« “NIKKI POP EST UNE GAMINE”, DIT UNE AMIE DE LA FAMILLE. »

Comment font les célébrités pour vivre comme ça ? se demande Émily en poursuivant son chemin vers le chalet.

Les deux adolescentes n'échangent pas un mot jusqu'à leur arrivée. Marie-Pierre court ensuite vers la douche en plantant Émily dans le grand salon. Avec le bison.

– Toi et moi, c'est pour la vie, murmure Émily à la tête empaillée.

Lorsque la voiture du père de Marie-Pierre fait enfin son entrée dans l'allée, Émily ne peut s'empêcher de pousser un soupir de soulagement avant de faire une dernière blague à son amie.

– Hé, il y a deux mecs qui vont trouver le temps long ce soir au 14-17 !

– Ha ha ha ha ha. Oui, c'est vrai. Ils vont se demander où on est. Ha ha ha.

Marie-Pierre pose ses affaires dans le coffre de l'auto pendant que son père discute avec Annick, penchée sur la portière. Tous deux parlent à voix basse, et Émily se doute bien qu'il est question de cette deuxième semi-dispute.

– Ben… bye ! dit Émily en regardant Marie-Pierre.

– Bye, Émil.

– Bonne fin de vacances !

– Ouais, toi aussi.

– Et bonne rentrée !

– Hey, n'en parle pas déjà ! répond Marie-Pierre en souriant.

– OK.

Et Émily se dit que deux départs dans la même année, c'est beaucoup trop pour un cœur gruyère.

Chapitre 5

De : Alain Faubert (alain.faubert@yahoo.ca)
À : Émily Faubert (emilfaubert@hotmail.com)
Objet : QUAND ?
Chère nièce chérie, quand reviens-tu de vacances ? La boutique est vide, je n'ai plus d'idées. J'ai besoin de ma décoratrice.
Emma est passée aujourd'hui. Elle s'ennuie, elle aussi.
Dis, quand reviendras-tu ?
Alain

Chapitre 6

Émily n'arrive pas à dormir.

Elle est de retour dans sa chambre solarium depuis quelques jours, et demain, c'est la rentrée. Elle sera de nouveau au pensionnat Saint-Prout dans son uniforme vert (VERT !).

Pour la première fois depuis des années, elle est heureuse que l'été soit terminé.

C'était vraiment un été épouvantable. Abominable. Horribilis. Au moins, au pensionnat, elle retrouvera Emma. Elle reprendra ses cours de chant. C'est vrai, elle a une année excitante devant elle. Elle doit recontacter Luc Trahan. Elle a donc sincèrement hâte de retourner à l'école et de tirer un trait sur ces vacances complètement ratées.

Émily se retourne pour la millième fois dans son lit. Peut-être en se couchant sur le côté ? Elle essaie de se vider la tête, de ne penser à rien.

Bonne nuit.

Dodo.

Zzzzzz.

Non. Ça ne fonctionne pas. Rien à faire, Émily ne dort pas. Est-ce de l'excitation ? De la fébrilité ? Émily s'assoit dans son lit. Elle sait très bien pourquoi elle ne dort pas.

Demain, Émily reverra Jérémie. Elle n'a eu aucune nouvelle depuis la fin de l'année scolaire, mais il est vrai aussi qu'elle a refusé d'aller voir les pages Facebook qui parlent d'elle. Elle n'a lu que ses mails, au cas où William lui aurait écrit. Mais non. William ne lui a pas écrit de l'été.

Devrait-elle aller voir la page Facebook de Jérémie pour savoir comment agir demain ? Est-ce vrai qu'il y a écrit qu'il sort avec elle ? Y a-t-il des nouveaux commentaires au sujet de la vidéo de la soirée Amateurs qu'il a publiée ? Non non non. Elle s'est promis d'oublier toute cette histoire.

Et pourtant…

Émily regarde son réveil-vache posé sur sa table de chevet. Il indique 1 heure du matin.

Oh… mon… Dieu !

Elle aura les yeux tout bouffis demain matin pour la rentrée !!! Vraiment nul ! Il faut absolument qu'elle dorme. Allez.

Bonne nuit.

Dodo.

Zzzzzzzz.

Bon.

Et si elle allait jeter juste un petit coup d'œil ? Rapide ? Du genre : hop, fini !

Émily se dirige vers son ordinateur. Oui oui, juste un petit tour pour voir. Elle entre son adresse mail et son mot de passe, puis clique sur Jérémie Granger.

Waouh. Jérémie a été très actif sur son compte pendant l'été. Il y a plein de sujets et de discussions. Elle descend jusqu'à la publication de la vidéo. Ça y est.

OH… MON… DIEU !

Il y a une trentaine de commentaires. Et plein de liens. Des liens YouTube. *HEIN????*

NON!!!

La vidéo n'a pas été mise sur YOUTUBE?!

OH... MON... DIEU!

Elle espère se tromper. Ça ne doit pas être ça. Émily clique sur le lien en tremblant. Et elle reconnaît la vidéo. C'est bien celle de la soirée Amateurs de Saint-Prout. Filmée avec un portable. Émily chante a capella devant une foule qui crie. Puis Jérémie arrive sur scène avec sa guitare électrique.

Émily n'a jamais voulu regarder la vidéo jusqu'au bout. Elle a toujours fait stop à ce moment. Et elle a cette nuit encore le même réflexe.

ELLE EST SUR YOUTUBE.

Il y a 686 vues!

686 ???!!

Heu?!

Waouh?

Elle retourne rapidement sur la page de Jérémie pour lire les commentaires. Il y en a beaucoup, et tout le monde écrit que leur couple est *hot*. Que c'était « super sexy ». Beaucoup d'amis de Jérémie parlent d'Émily en l'appelant Nikki Pop. « Nikki Pop est vraiment trop sexy », « Nikki Pop embrasse Jérémie », etc.

Et Jérémie a commenté lui-même : « Elle embrasse bien ! »

FRANCHEMENT!

Émily s'appuie au dossier de sa chaise, soufflée. *Mais enfin! C'était juste pour le show!* Elle est partagée entre son envie de rentrer sous terre pour toujours ou de rire aux éclats. Elle est devenue une vedette à son école ! WAHOU ! Tu parles d'un choc !

Sa main tremble donc un peu quand elle ouvre une nouvelle fenêtre pour lire les commentaires sur YouTube.

Hum ! Ce n'est pas très édifiant : « Nikki Pop la *lollipop* », « Nikki Pop est *hot hot hot* ! », « Nikki Pop poupée », « Mioumi Pop », « Qui est Nikki Pop ? ».

Qui est Nikki Pop ?

Elle ne sait plus trop elle-même. Plusieurs écrivent qu'elle a vraiment une très belle voix. Mais la plupart s'amusent du petit jeu de séduction auquel Jérémie et elle se sont livrés sur scène.

C'est pas en lisant ça que je vais mieux dormir, se dit Émily. Elle n'aurait jamais cru que cette histoire avait autant dégénéré. Est-ce donc cela que voulait dire Marie-Pierre ? A-t-elle tout lu ? Forcément, puisqu'elle est amie Facebook avec Jérémie. Tout s'explique maintenant.

Mais pourquoi Emma n'a-t-elle rien dit ?

Parce que Émily a été formelle : elle voulait oublier toute cette histoire. La recouvrir de peinture blanche indélébile. Une peinture qui ne part pas au lavage. Même avec du détachant.

Et William ? A-t-il vu tout cela lui aussi ? *Oh, mon Dieu ! Peut-être ?! CATASTROPHE !!! Nikki Pop la* lollipop !!! *Il a lu « Nikki Pop la* lollipop » !!!

On prend une grande respiration.

Inspire.

Expire.

Bon.

Au fond, ça ne change rien, Émily le sait. William est plus intelligent que ça. Il est du genre à ne pas accorder d'importance à ces idioties. D'ailleurs, il déteste Facebook depuis toujours.

Alors ?

Alors rien. Émily fera sa rentrée au pensionnat Saint-Prout demain dans son uniforme vert en espérant que tout le monde aura oublié tout ça pendant l'été. D'ailleurs, les commentaires datent presque tous du mois de juin. Tout un été a donc passé. Ils ont sûrement tous oublié Nikki Pop.

Sûrement, sûrement.

Assurément.

Bonne nuit.

Dodo.

Zzzzzz.

Tu parles.

Émily se tourne et se retourne dans son lit comme un agneau en méchoui et s'endort vers 4 heures du matin en serrant son oreiller. Ce sera le festival des yeux rouges demain. En plus du nez, ce sera top tendance. (Soupir.)

Chapitre 7

– Émilyyyyyyyyyyyyy!!!

– Emmaaaaaaaaaaaaaaa!!!!

Les deux adolescentes sautent sur place, sur le terrain qui entoure le pensionnat.

– Mais t'es super bronzée! s'exclame Emma.

– Ben oui, comme je te l'ai écrit, j'ai eu largement le temps d'attraper des coups de soleil, allongée sur ma serviette. Marie-Pierre voulait pas perdre son bronzage de Dubaï. Et moi, je crame! En plein soleil, même avec de la crème, je brûle comme un toast.

– Ha ha ha ha! Tu as la marque de tes lunettes autour des yeux.

– Je SAIS.

– On dirait un raton laveur.

– TRÈS drôle, dit Émily en serrant les dents. Je savais pas que ça ferait ça. Je trouvais ça teeeeeellement chiant de rester allongée sans rien faire que j'en ai profité pour lire des magazines. Alors, j'ai mis mes Dior. Tu sais, mes lunettes larges? Si j'avais su!

– Ma pauvre! Hi hi hi!

– Je connais TOUS les potins des stars, je te jure. J'ai tellement lu de magazines people que je pourrais en lancer un.

– En parlant de potins, j'en ai déjà un !
– AH OUI ?
– Maud est déjà arrivée. Et devine quoi ?
– Quoi ?
– Ben devine !
– Oh, t'es pas cool. Allez, dis-le-moi !
– Elle est… Elle est…
– Allez !!!
– Elle est devenue BLONDE ! Ha ha ha ha ha ha ha !
– Quoi ?!
– Elle s'est teint les cheveux ! Elle a les cheveux blonds !
– Non !?
– Si ! Ça fait drôle. On dirait qu'elle a une perruque. C'est pas naturel. C'est la décoloration qui doit faire cet effet-là. Le peroxyde.

Émily cherche Maud des yeux mais ne la voit pas. Elle croise pourtant le regard de Francis Breton-Cheveux-en-avant qui lui fait un petit signe. Puis il donne un coup de coude aux autres garçons autour de lui. Émily n'en connaît aucun, mais tous se retournent et lui sourient en la regardant d'un drôle d'air.

OH… MON… DIEU !

Ce sont des élèves de troisième, et ils la connaissent par YouTube. Ça commence bien.

Émily se tourne de nouveau vers Emma et remarque que celle-ci bouge exagérément son sac sur lequel elle a brodé deux petits drapeaux blanc, bleu et rouge. Un avec une boule au centre et l'autre avec une étoile.

– Hé, c'est quoi ?
– Oh, ça ? Ce sont les deux drapeaux de la Corée. Tu

savais que le même pays avait deux drapeaux ? Cool, hein ?

– Heu… ouais, répond Émily.

Elle ne comprend pas pourquoi c'est si cool. Ça fait juste un drapeau de plus à retenir dans le cours de géo.

– En fait, il y a deux États, l'État du Nord et l'État du Sud. C'est depuis la Première Guerre mondiale et…

Émily n'écoute plus. Elle n'aurait jamais pensé qu'elle lancerait Emma dans un exposé chiant en lui parlant de ses broderies. Bon, il semblerait que son amie se soit découvert une nouvelle passion pour la géographie. Parfois, c'est un peu lourd d'être amie avec une intello.

Émily regarde donc un peu partout en faisant semblant d'écouter. C'est facile, il suffit de faire « ahan », puis « huhum », et ensuite « ah ouais » de temps en temps et ni vu ni connu.

– Hé, tu m'écoutes ?

Oups. Ça ne fonctionne pas toujours.

– Oui oui, c'est juste que la journée d'école n'a pas encore commencé, alors j'aimerais éviter un cours d'histoire, si tu vois ce que je veux dire.

– Ah ben oui, scuse. Hi hi. C'est drôle. C'est juste que quand je parle de la Corée, je ne peux plus m'arrêter.

Ah oui ? Hum. Bizarre. Pourquoi la Corée ? se demande Émily.

– On entre ? demande-t-elle.

– Yep ! répond Emma avec un peu trop d'enthousiasme.

Elle est zarbe, elle, cette année !

Le hall est bondé. Pour la deuxième année consécutive, c'est encore le hibou qui sera le directeur du collège. Cette fois, Émily n'a pas mis le cardigan obligatoire pour éviter d'avoir trop chaud. Elle regarde, amusée, les « petits nouveaux » de sixième qui ont l'air perdus et exagérément excités. Était-elle aussi petite l'année dernière ?

Non. Certainement pas, puisque Émily est beaucoup plus grande que la moyenne. Mais elle avait assurément l'air aussi perdue. Elle se souvient que son uniforme était fripé et que sa jupe lui arrivait sous les genoux. Aujourd'hui, elle sait qu'on peut donner un look à la jupe en la roulant à la taille pour la raccourcir.

Elle a aussi choisi des chemisiers blancs moins traditionnels, sur lesquels elle a fait coudre l'écusson. Bref, elle est en cinquième, et ça se voit. Avec un peu de chance, les garçons de sa classe auront eu leur poussée de croissance, et il y en aura cette fois des plus grands qu'elle.

Hum. Pas sûr...

Rien qu'en regardant Elton Chung, dans le coin gauche, elle remarque qu'elle sera encore trop grande. Chung n'a pas poussé d'un demi-pouce. Il lui arrive encore au menton. Comme la majorité des autres garçons.

Attendez une minute...

Chung ! Il est coréen ! Serait-ce la raison de la soudaine passion d'Emma pour la Corée ? Elton Chung a clairement dragué Emma l'année dernière, mais celle-ci a toujours dit que l'amour ne l'intéressait pas. Est-ce que ce serait différent cette année ?

– Regarde, Emma, c'est Chung là-bas, lui souffle Émily à l'oreille.

– Ah... heu... ah oui, tiens donc ! Qu'est-ce qu'il fait là, lui ?

– Bah Emma ! Il est là parce qu'il est dans cette école !

– Ah ben oui ! Ha ha ha ha ha.

Oh oh oh, Emma a perdu son cerveau. L'a-t-elle laissé au vestiaire du centre aéré ? Comme une serviette sur un portemanteau ?

– Mais Emma, qu'est-ce qui te prend ?

– Rien, rien. Ça doit être la rentrée. Tu savais que la rentrée coréenne se fait en mars ? Impressionnée, hein ?

Émily soupire en essuyant ses mains moites sur ses cuisses. Elle remarque que beaucoup d'élèves la regardent et la reconnaissent. Certains la pointent même du doigt. Son premier réflexe est de regarder par terre, mais elle se souvient soudain des conseils d'Ann Gentilly, son professeur de chant. *Il faut garder la tête haute,* dear. *Et surtout, assumer ! Assumer !*

Assumer, assumer... Facile, quand elle est toute seule dans le solarium qui lui sert de chambre. Mais ici, entourée d'élèves qui la dévisagent, c'est loin d'être évident.

– Ça va ? glisse Emma à l'oreille de son amie.

– Moui. Mais tout le monde me regarde.

– C'est parce que c'est le premier jour. Après, ils vont s'arrêter.

– J'espère.

– Regarde !

Emma lui montre le coin du hall où se tient Maud Trahan en compagnie de ses amies de l'année dernière, Mélina et Juliette. Ses cheveux sont effectivement blonds. Ou plutôt jaunes. Ça donne un drôle de résultat. Parce que le teint de Maud n'a pas été peroxydé, lui. Il est encore caramel.

– Elle avait des cheveux tellement beaux ! dit Émily. Pourquoi elle a fait ça ?

– Ben, parce que tout le monde le fait, répond Emma, pragmatique. Tu penses que Shakira est née blonde, toi ?

Elle est colombienne ! Et Beyoncé ? Hein ? Beyoncé ! Elle est afro-américaine ! Une Afro-Américaine blonde, t'as déjà vu ça, toi ? À part les albinos ? Ou les métis… ouais, les métis parfois sont blonds. Bref. Tu avais compris mon propos : tout le monde se teint en blond.

– Hi hi hi. Oui. Mais quand on a de beaux cheveux, c'est idiot de les teindre ! Surtout que ça se voit. En tout cas, elle était beaucoup plus belle avant…

Mais Émily et Emma arrêtent tout à coup de parler, parce que Maud leur fait un petit signe en souriant.

Hein ?

Elles décident d'y répondre, un peu gênées.

Hum…

Maud marche maintenant vers elles.

Oh non…

Malgré ses nouveaux cheveux (qui sont… bizarres), elle marche encore comme une panthère dans un documentaire animalier. Un pas divin. Un peu comme si elle faisait un défilé de mode toute la journée. Déhanché, mais pas trop, juste ce qu'il faut. C'est tellement… enrageant. Émily a tenté toute l'année dernière de copier sa façon de marcher, sans succès. La démarche féline de Maud est impossible à imiter.

Top injuste.

– Salut, Émily, lance Maud en jetant ses cheveux teints vers l'arrière.

– Salut.

– Comment était ton été ?

Waouh, c'est une drôle de teinture, se dit Émily.

– Bien. Et toi ?

– Oh, super. On est allés en Irlande. Tu y es déjà allée ?

Il y a des mèches plus foncées...

– Non.

– C'est vraiment beau.

Comment ça se fait que ça soit *pas uniforme ?*

– Ah.

– Oh, salut, Emma !

C'est pourtant pas des mèches ! C'est juste... inégal ?

– Salut, répond Emma, vexée d'avoir été ignorée en début de conversation.

– Vous aimez mes cheveux ?

Bizarre.

– Quels cheveux ? demande Emma. Ah, oh, AH ! OUI ! Tu as les cheveux blonds ! J'avais pas remarqué ! Oui, c'est beau.

– Oui, c'est super beau, dit Émily, mal à l'aise.

– Oh, Emma, t'es drôle, fait Maud en riant de bon cœur.

Constipation ! On dirait presque qu'elle veut sincèrement faire la paix !

Non seulement Maud est venue parler à Émily, ce qu'elle n'avait JAMAIS fait, mais en plus elle reste là, debout avec elle ! Comme si elles étaient amies ! Et elle rit au lieu de se fâcher !

– Je me demande quels profs on aura, continue Maud en oubliant enfin ses cheveux.

– Ouais.

– J'espère que M. Demers enseigne encore en cinquième.

– Ouais.

M. Demers est le professeur le plus populaire de l'école. Il enseigne le français.

– T'as pris maths avancées ? poursuit Maud.

– Non. J'ai pris le cours régulier.

– Moi aussi ! On est sûres d'être au moins dans le même cours de maths.

Mais qu'est-ce qui se passe ? se demande Émily qui regarde Emma en écarquillant les yeux. Celle-ci secoue la tête, l'air de dire : *Je comprends rien, moi non plus.*

Le hibou monte les marches de l'estrade et commence son laïus. C'est, en gros, le même que l'an dernier. « Vous êtes l'élite, bla-bla-bla, il faut travailler dur, bla-bla-bla. » Émily cherche Jérémie du regard, mais ne le trouve pas. Où est-il ?

« Bulletin important, bla-bla-bla, fin du collège, bla-bla-bla. Avenir, bla-bla-bla. Performance, bla-bla-bla. Fierté, bla-bla-bla. »

Maud regarde elle aussi partout autour d'elle. Puis elle pousse un soupir de soulagement lorsque les élèves du lycée sortent du hall. Jérémie a dû partir sans qu'Émily l'ait vu.

– Bon, à plus tard, lance Maud en s'éloignant vers Juliette et Mélina.

– À plus tard.

– Woooo ! s'écrie Emma. C'était quoi, ça ?

– Je sais pas, répond Émily en riant. Elle veut être mon amie, je pense. C'est plutôt cool, non ?

– Tu devrais te méfier quand même, dit Emma. C'est le boa, oublie pas.

– Oui, mais on dirait qu'elle a changé pendant l'été. Ça se peut, tu sais.

– Hé, tu sais ce qui est drôle ? C'est qu'il y a une chanteuse coréenne qui s'appelle Boa. Tu parles d'une coïncidence.

Heu… le lien, s'il vous plaît?! Mais Émily est trop heureuse de cette drôle de trêve avec Maud pour relancer Emma. Si elle doit travailler avec son père, autant devenir amie avec elle, non? Peut-être au fond est-ce le début d'une belle histoire d'amitié.

Chapitre 8

– Oui, bonjour, pourrais-je parler à Luc Trahan, s'il vous plaît ?

– C'est à quel sujet ? répond la voix au téléphone.

Émily tient son portable comme s'il pouvait lui glisser des mains telle une anguille. Elle est assise sur son lit avec Emma. Rien ne peut lui arriver, non ? Malgré cette certitude, elle a les jointures toutes blanches à force de serrer son iPhone.

– Heu... ben, c'est... heu... c'est lui qui m'a dit de le rappeler en septembre. On s'est parlé deux fois en mai. Une fois à l'école et une fois au téléphone. Et là, il m'a...

– Quel est votre nom, je vous prie ?

– Émily. Émily Faubert. Mais c'est peut-être le nom Nikki Pop qui lui dira quelque chose. Pop. P-O-P, épèle-t-elle.

– Attendez un instant.

Émily se tourne vers Emma qui plisse le nez.

– Je suis en attente, dit-elle.

– Oh.

– Hey ! Pourquoi, quand on est en attente, la voix qui parle a toujours l'air débilos ?

– Tu veux dire : la voix qui a l'air de sourire en parlant ?

– OUI ! Méné mini méné mini méné mini méné… fait Émily en se moquant.

– Je t'avais dit que tu aurais dû envoyer un mail, plutôt. T'as la chance d'avoir son mail personnel. Tu devrais t'en servir !

– Oui, mais si je fais une faute d'orthographe ? Je vais avoir l'air bébé. J'aime mieux parler EN VRAI.

– Oui, mais tu parles comme une handicapée moteur, tellement tu es stressée. C'est pas mieux, tu sais, pour une chanteuse, d'avoir l'air aphasique.

– Je préfère avoir l'air aphasique qu'analphabète, tu sauras. Hé. C'est vraiment fatigant, cette voix. Méné mini méné mini méné…

– Mademoiselle Faubert ? reprend la voix au téléphone.

– Méné méné… HUM. Pardon, oui ? dit précipitamment Émily.

– Je vous passe un des assistants de M. Trahan. Il s'agit de M. Bolduc. Ne quittez pas, je vous transfère.

– OK.

– JE DISAIS « MÉNÉ MÉNÉ » ! s'écrie Émily, catastrophée, à l'intention d'Emma qui se contente de lever les yeux au ciel.

– Bonjour, Émily, lance une voix jeune et dynamique à l'autre bout du fil.

– Bonjour !

– Je m'appelle Jean-Sébastien Bolduc, je suis un des assistants de Luc Trahan. Je suis l'intermédiaire pour les artistes émergents. J'ai eu le mémo de M. Trahan concernant ta performance à… Attends… C'était à Lycéens en spectacle, c'est ça ?

– Heu… non. C'était la soirée Amateurs.

– La soirée Amateurs ? Qu'est-ce que c'est ? C'est local ?

– Heu… ben, j'sais pas. Heu… c'est un genre de soirée d'école, genre.

Emma pointe son pouce vers le bas en sortant la langue. Émily devine que ça veut dire « surveille ton langage ».

– C'est une soirée où les élèves du pensionnat Saint-Prout… heu… pardon, Saint-Preux, SAINT-PREUX, peuvent montrer… heu… leur talent, poursuit Émily en s'appliquant à bien s'exprimer.

– Ah, ah, OK. Tu es chanteuse ?

– Ben… heu… oui. Genre.

Emma lève de nouveau les yeux au ciel.

– Oui, je suis une chanteuse débutante. J'ai chanté a capella une chanson de Rihanna, poursuit-elle.

– Hum. OK. Bon. On va se rencontrer pour parler de tout ça, d'accord ? Disons mercredi prochain à 14 heures. C'est bon pour toi ?

– Ben non… heu… je suis à l'école.

– Ah oui, c'est vrai. Tes cours se terminent à quelle heure ?

– À 16 heures.

– Oups. Il va falloir que tu rates un ou deux cours, alors. OK, on garde mercredi prochain à 14 heures. Il faudrait que tu viennes avec un parent ou un tuteur, étant donné que tu es mineure. Ça pose un problème ?

– Heu… non, je pense pas.

Sac à caca ! se dit Émily. Non seulement elle va manquer l'école, mais il faudra que sa mère manque le boulot. Oh oh. Ennui.

– OK, à mercredi prochain alors.

– OK, bye.

Clic.

Émily regarde Emma en lançant son iPhone sur le lit.
– C'est vraiment nul.
– Quoi ?
– Je rencontre même pas Luc Trahan, je rencontre Truc-Bolduc, son assistant.
– Oh, nul !
– Et en plus, c'est pendant les cours. Et il faut que je sois avec ma mère ou alors avec un tuteur pour le rendez-vous. Ma mère ne va JAMAIS pouvoir se libérer. Imagine si elle plaide au palais de justice ! Je suis faite.
– Sac à pète !
– C'est justement ce que je me disais.
Emma prend l'iPhone d'Émily et ouvre l'application Rolando. Elle ADORE jouer à Rolando. Regarder une petite boule rouler l'aide à réfléchir.
– Hé ! Ça pourrait pas être ton oncle, le tuteur ? C'est un lien de sang ! C'est le frère de ton père, dit-elle en tournant l'iPhone dans tous les sens pour faire rouler la petite boule.
– OUI ! C'est vrai, ça ! C'est une super bonne idée !
– Il faut juste que ta mère signe un papier disant qu'Alain va être son représentant, et ça devrait aller. Enfin, je pense, ajoute Emma en laissant le portable pour sortir son éternel carnet à spirale dans lequel elle note toutes ses questions et observations.
Émily regarde son amie écrire avec application.
– Les liens du sang, c'est super important pour les Coréens.
– Emma Nolin, vas-tu me lâcher avec la Corée ?! Qu'est-ce que t'as ?! On dirait un perroquet à qui on a juste appris le mot « Corée » ! Corée, Corée, Corée. J'en peux plus !
Emma est toute rouge.

– J’en parle tant que ça ?
– TOUT LE TEMPS !
– Oh merde. J’espère que c’est pas abusé.
– Je t’annonce officiellement que C’EST abusé.
– Mais c’est parce que… j’essaie d’attirer son attention.
– À qui ?
– Aki ?
– À. Qui ? répète Émily.
– Oh. Ben. À personne.
– Oh, Emma.
– À Elton Chung, avoue Emma en rougissant de plus belle.
– HA HA HA HA HA !!! Je le savais !!! Qu’est-ce qui t’a fait changer d’avis ?
– Quoi ?
– Ben, l’année dernière, tu voulais rien savoir de l’amour.
– Avec mon groupe d’enfants cet été, je suis allée au planétarium. Et il était là. Il travaillait là ! Tu te rends compte ? Il faisait un exposé sur les nébuleuses.
– Et ?
– Ben, c’était un super exposé !
– Non, je veux dire : et ? vous deux ?
– Et, rien.
– C’est juste à cause de l’exposé que tu tripes comme ça ???
– Oui.
– Vous vous êtes parlé, au moins ?
– Même pas. J’étais trop surprise. Je pense que je lui ai souri. Je pense.
– Oh là là ! C’est pas possible d’être aussi nulle !
– Mais justement !!! C’est pour ÇA que je suis proactive depuis la rentrée.

– T’es pas proactive. Tu radotes. C’est pas pareil.

– Aaaah, soupire Emma. Ça fait du bien d’en parler avec toi. C’est cool, l’amour, hein ?

– Heu… Emma ? Je viens de te dire que ta technique est pas bonne, là.

– Non ?

– Ben non. ME parler de la Corée toute la journée, ça attirera pas SON attention.

– Ah oui, tu as raison.

Émily est abasourdie. Emma, si intelligente d’habitude, est devenue complètement débile.

– C’est à LUI qu’il faut que tu parles de la Corée.

– Oh, mon Dieu ! Mais oui ! T’as raison.

– Je sais.

– Tu vas m’aider ? On va mettre sur pied un plan d’action. On va appeler ça « le Plan Chung ».

Émily lève les yeux au ciel mais hoche la tête pour faire plaisir à son amie. Puis elle ose poser LA question qui la turlupine depuis la rentrée scolaire.

– Dis donc, Emma… tu as… heu… des nouvelles de William, toi ?

Émily a parlé normalement, comme si elle demandait à Emma quelle était la marque de son déodorant. Alors qu’elle a envie de reposer mille fois la question sur mille tons différents.

– Oui, Émily, j’en ai.

– AH OUI ? crie Émily.

– Mais je t’en donnerai pas, répond Emma. Il faut que tu l’oublies, Émily, tu le sais. Je t’aiderai pas à tourner la page en te donnant des nouvelles.

– Mais, mais, mais…

– Non. De toute façon, je lui ai promis que je le ferais pas.

– Tu lui as PROMIS ? répète Émily, offusquée.

– Oui. C'est aussi mon meilleur ami, je te signale. Vous êtes mes deux meilleurs amis. C'est pas super facile à gérer, votre histoire.

– Est-ce qu'il parle de moi ?

– J'ai répondu à ta première question. Oui, j'ai des nouvelles. Mais je répondrai pas au reste, OK ? Essaie de comprendre. Je suis coincée, moi !

– Je veux juste savoir… Je veux juste… dit Émily en sentant ses yeux s'embuer.

– Je peux pas, Émily, fait Emma en prenant la main de son amie. Si je commence, vous allez vous mettre à vous parler en m'utilisant, et ça va être l'enfer. Il veut pas de tes nouvelles, Émily. Il veut pas que je parle de toi. Et je pense que c'est mieux comme ça.

Mais Émily n'a soudain plus envie d'être raisonnable. D'être mature. D'être ADULTE. Elle veut savoir comment il va. À quelle école il va. Et Emma sait tout ! C'est tellement injuste.

– T'es supposée être mon amie, Emma Nolin ! crie Émily en retirant sa main de la sienne. Si tu l'es pas, on oublie le Plan Chung. Et rends-moi mon iPhone.

Emma soupire et donne le portable à Émily. Elle ramasse son sac sur le tapis et reste quelques secondes immobile. Elle attend qu'Émily se calme. Elle la connaît. Émily fait souvent des crises de nerfs qui durent en moyenne quatre minutes. Mais, cette fois, Émily reste butée et Emma en a marre.

– Il va mieux, dit-elle sur le seuil de la porte. Et il ne parle plus jamais de toi. T'es contente ? Maintenant, ne crie plus JAMAIS après moi quand j'essaie d'être une bonne amie, parce que des fois c'est pas facile d'être ton amie, Émily.

Emma sort du solarium et Émily se retrouve seule avec ses remords.

« Assume, *dear* », déclare la voix de Mme Gentilly.

Oh, la vieille grenouille… Il est plus que temps de retourner la voir.

Chapitre 9

De : Émily Faubert (emilfaubert@hotmail.com)
À : Alain Faubert (alain.faubert@yahoo.ca)
Objet : Tuteur
Salut ! Je rencontre l'assistant de Luc Trahan (!!!) mercredi à 14 heures. Je suis superexcitée. Si jamais ma mère peut pas venir, peux-tu être mon genre de tuteur ? Dis oui, dis oui, dis oui.
Émil xxxxxxxxxxxx

De : Alain Faubert (alain.faubert@yahoo.ca)
À : Émily Faubert (emilfaubert@hotmail.com)
Objet : RE : Tuteur
Salut, Émily. Ça me ferait plaisir, mais es-tu sûre que ça peut être moi ? Tu parles de tuteur... Je pense qu'ils veulent dire un tuteur dans le cas où tes parents seraient morts ou inaptes... Sinon, il faut que ce soit ta mère. Lui en as-tu parlé ???
En tout cas, sache que je te dis oui.
Alain

De : Émily Faubert (emilfaubert@hotmail.com)
À : Alain Faubert (alain.faubert@yahoo.ca)
Objet : RE : Tuteur
Non, mes parents ne sont pas morts (comme tu le sais). Ouais, tu avais raison. Ma mère m'a dit la même chose

que toi. Elle va venir avec moi, puisqu'elle n'est pas morte. Cool, hein ? En échange, je dois avoir des A partout dans mon premier bulletin. Bah. Je vais passer à la boutique bientôt !!!
Émil xxxxxxxxxxx

Chapitre 10

– Alors, *dear*, as-tu rencontré M. Dollars ?

– Qui ça ?

– M. Trahan.

– Non, pas encore.

Émily pose son sac et prend place devant le piano. Il y a trois mois qu'elle n'est pas venue chez son professeur, et elle est heureuse de se retrouver de nouveau dans son drôle de salon avec ses tapis aux murs. *Il n'y a que Mme Gentilly pour mettre des tapis sur les murs*, pense-t-elle.

– Bon, lance son professeur. On va voir à quel point tu as perdu ta technique pendant les vacances. On y va pour une série de vocalises de Panofka.

Émily n'est pas fière d'elle. Elle sait qu'elle a un peu laissé tomber les exercices en début d'été. Avec tout ce qui est arrivé… Elle espère que son travail du dernier mois lui permettra de le cacher à Mme Gentilly. Chut !

– OK, *dear*, fait Mme Gentilly après la première série de vocalises. Tu as bien rattrapé ton retard.

Comment sait-elle ??? se dit Émily.

– C'était difficile, non ?

– Heu… commence Émily.

Elle sait bien de quoi parle son professeur. Reprendre les

exercices après son arrêt complet n'a pas été une partie de plaisir.

– Le diaphragme est un muscle. Si tu ne l'exerces pas tous les jours, il perd de sa force. C'est comme pour les gens qui soulèvent des poids à la gym. C'est pareil.

Poil aux orteils, pense Émily.

– Cette année, je vais te faire chanter des chansons que JE choisirai. Je ne veux plus entendre toutes les cochonneries pop que tu aimes, ça me donne des migraines épouvantables. Et puis, il est temps que tu te familiarises avec les *lieder*.

– Les quoi ?

– Tu verras. Tous les grands chanteurs chantent des lieder. Je vais élargir un peu ta culture musicale. Ce n'est pas avec Luc Trahan que ça va arriver.

Poil aux pieds.

– Je t'ai apporté une partition, poursuit Mme Gentilly. Ce n'est pas un *lied*, mais, pour commencer, tu devrais aimer. Tu vas me chanter la mélodie à voix haute en première lecture. Après, je t'expliquerai le sens de la chanson.

– Pourquoi ? C'est en anglais ?

– Non, *dear*, en français. Mais en ancien français.

DE QUOI ??! Ne pas chanter de la pop, d'accord. Mais de l'ancien français ? Et puis, qu'est-ce que ça veut dire, d'abord ? Il y a de l'ancien français et du nouveau français ?

Émily ne chantera jamais en ancien quelque chose ! De plus, elle déteste faire des lectures à vue. Elle se félicite d'avoir fait ses exercices de solfège durant l'été. C'est si facile d'oublier toute cette théorie ennuyeuse.

Mme Gentilly lui tend une partition intitulée *La Pavane.*

La Pavane? grince Émily intérieurement. *Oh, que ça a l'air chiant…*

Elle n'y croit pas. *Moi, je vais chanter un truc chiant? Hé hé. JAMAIS. Je suis une chanteuse pop*, se dit-elle. *Une chanteuse rock. Pas une chanteuse de* Pavane.

Émily se redresse néanmoins et commence à lire la partition. C'est vrai que les paroles sont complètement débilos. « Pour mon mal apaiser, donne-moi un baiser. » OOOOH ! elle a compris !

C'est comme Yoda dans Star Wars*! Il parle à l'envers. À l'envers, il parle. C'est donc ça, l'ancien français? Ha ha ha ha ha!*

Elle a compris.

Compris elle a.

Pfff.

Super facile.

Facile super.

Heu… mais, mais…

En continuant à lire, elle remarque que le texte est… VULGAIRE ?!

– Madame Gentilly !!! Je pourrai pas chanter ça.

– Pourquoi ?

– Ben, c'est… hum… ça parle… heu… de…

– De ?

– Ben, hum. Il y a une phrase, là, ici, dit Émily en la pointant du doigt.

– Oh ! fait Mme Gentilly en balayant l'air de la main. Le verbe « baiser » en ancien français veut dire « embrasser ».

– Ah. Parce que tant qu'à faire, un petit Rihanna…

– NON. Allez, fais-moi une lecture à vue de la mélodie. Tu vas voir, c'est très joli.

Gnignigni.

Émily commence à chanter en faisant des « lalala » tout en suivant la partition. Bon, elle doit l'admettre, c'est une mélodie charmante.

– Très bonne lecture à vue, *dear.*

– Merci.

– Bon, tu as compris que c'est une chanson d'amour, non ?

– Heu… oui, je suis pas complètement arriérée.

– Bien. Cette chanson est une chanson d'amour courtois. C'était comme ça que les hommes faisaient la cour à leurs dames, à l'époque.

– En chantant ?

– Oui.

– En parlant comme Yoda ?

– Pardon ?

– Laissez tomber, je me comprends.

– Tu vas voir, c'est vraiment romantique. D'ailleurs, tu as dû le remarquer en chantant la mélodie, non ?

– Heu… oui.

En fait, non. Pas. Du. Tout.

– Je vais te donner la partition complète, déclare Mme Gentilly en se levant du banc de piano.

Je vais vraiment chanter ça ? se dit Émily. Quand Mme Gentilly a parlé d'élargir sa culture musicale, Émily s'attendait à chanter des airs classiques. Pas des chansons romantiques du temps de ses arrière-arrière-arrière-arrière-grands-mères ! *Top naze !* En plus, elle est en chagrin d'amour. *C'est justement PAS LE MOMENT de chanter l'amour, même s'il est… heu… courtois.*

– Voilà, fait son professeur en lui tendant la feuille. Tu la liras ce soir chez toi.

– Madame Gentilly… heu… c'est un peu… hum… spécial, non ? Je veux dire, je vais vraiment chanter ça, moi ?

– Oh, le petit chien qui saute dans les cerceaux est de retour ?

Émily déteste se faire traiter de petit chien savant. Et Mme Gentilly le sait.

– Non non, c'est pas ça, répond Émily sur la défensive. C'est juste… J'y arriverai pas.

– OK, dit Mme Gentilly du tac au tac en lui enlevant la feuille. Alors, on va chanter des choses que tu sais chanter. Commençons par *Trois p'tits minous*, OK ?

– Non non, c'est bon, abdique Émily en reprenant la feuille. Je vais au moins essayer.

– Voilà ce que je voulais entendre, *dear*. Allons-y.

Essayer je vais, songe Émily, découragée.

Chapitre 11

C'est un passage obligé
Un long couloir à creuser
Entre moi et moi-léger
C'est comme un nouveau printemps
Un plongeon dans l'océan
Karkwa, *Moi-léger*

– Tu te rends compte, c'est génial comme idée !!! dit Emma.

Les deux filles sont assises à l'une des grandes tables de la salle d'études. Émily planche sur son texte en ancien français au lieu de faire son devoir d'anglais. À son côté, Emma semble avoir avalé un sac de sauterelles au poivre. Elle est tellement excitée qu'elle frétille sur sa chaise.

– Je vais lui demander s'il veut s'inscrire avec moi à Expo-Sciences !!! Il aime autant les sciences que moi, alors…

– « Pourquoi fuis-tu, mignarde ? » « MIGNARDE » ! C'est quoi, une mignarde ? Ça veut dire mignonne ?… s'interroge Émily sans lever les yeux de sa feuille.

– J'ai commencé à chercher des sujets d'expérience. On

pourrait faire un projet sur les idéogrammes dans l'écriture des langues asiatiques. C'est cool, non ?

– « Quand tes yeux je regarde, je me perds dedans moi… » Oulaaaa c'est censé être romantique, ça ? Depuis quand c'est romantique de parler à l'envers ? « Quand tes yeux je regarde » !

– Il y a aussi la génétique. Pourquoi certains êtres humains ont les yeux bridés ? Ce genre de choses. Qu'est-ce que t'en penses ?

– « Je meurs, mon angelette, je meurs en te baisant. »

– HEIN ?

– Tu vois ? C'est super vulgaire ! Je peux pas croire que je chante ça au lieu de chanter du Rihanna, sous prétexte que Rihanna, c'est vulgaire. Même si « baiser » veut dire « embrasser », ça SONNE vulgaire. Et « mon angelette »… Franchement ! « MON ANGELETTE » !!! Ça fait tartelette.

– Mais tu m'écoutais pas ?

– Emma !!! Apprendre mon texte débilos j'essaie. OK ?

– Oh, pourquoi ta chanson est pas en coréen ? dit Emma, déçue.

– Je suis en train de devenir FOLLE à m'imaginer chanter ça. Déjà qu'il faut que je retienne que les phrases se disent à l'envers. Alors viens pas me parler de coréen en plus. J'en peux PLUS d'entendre le mot « coréen ».

– Arrête juste deux minutes, OK ? Je veux vraiment te parler de l'idée que j'ai eue !

Émily relève la tête et regarde Emma.

– T'écouter je vais, déclare-t-elle d'un ton grave.

– Bon ! Elton et moi, on pourrait s'inscrire à Expo-Sciences !!!

– Cool ! s'exclame Émily. Heu… c'est quoi ?

– C'est un grand concours de sciences. Il faut qu'on travaille sur un projet, et les meilleurs vont en demi-finale puis en finale. Toutes les écoles du MONDE y participent. C'est GÉNIAL.

– Ah oui ? Ben c'est sûr que toi et Elton, vous irez en finale ! Vous êtes deux intellos ensemble.

– Oui !! s'écrie Emma, hystérique. C'est ce que je me dis, moi aussi ! L'ennui, c'est qu'il faut que je lui demande s'il a envie de participer. Et s'il a envie de le faire avec moi. DEUX questions ! J'y arriverai jamais.

– Mais enfin, Emma, c'est facile. Tu vas le voir à la cafétéria pendant le déjeuner et tu lui dis : « Hé ! Est-ce que… bla-bla-bla. »

– NON, NON, NON. Je peux pas. Je vais avoir l'air de le draguer !

– Oui, mais c'est précisément ce que tu veux faire !

– Oh non, je pourrai jamais.

– Bon, ben sers-toi de quelqu'un d'autre pour l'approcher, alors.

Un silence s'installe. Emma regarde Émily sans bouger.

– Quoi ? NON, NON ET NON ! répond vivement Émily qui vient de comprendre. Je te signale que l'an dernier, tu m'as presque poussée dans le local de répétition du groupe de Jérémie. Alors je vois pas pourquoi je t'épargnerais. Tu vas te débrouiller toute seule, toi aussi, espèce d'angelette.

– Pourquoi ? geint Emma. *Dies iraeeeeeee. Dies illaaaaaaa.*

– Qu'est-ce que tu chantes, là ?

– C'est le *Requiem* de Mozart. Tu connais pas ? Super déprimant.

– Encore un truc chiant, je parie ! dit Émily. C'est toi qui devrais prendre des cours avec Mme Gentilly.

– *Solveeeeeet saecluuuuuum in favillaaaaaaaa*… chante Emma.

– C'est de l'ancien français, ça aussi ?

– Ben non, c'est du latin, débile.

– Tu parles latin, toi ???

– Ben non. Mais je connais certaines chansons. Hey, c'est vrai ! Je serais pas si mal dans tes cours, moi.

– Pourquoi tu poses pas tes deux questions à Elton en cours d'anglais ? propose Émily. Il est assis à côté de Simon Chouinard. Tu poses la question aux deux en même temps, du genre : « Hé ! Est-ce que l'un de vous deux aurait envie de s'inscrire à Sciences-Truc ? »

– EXPO-SCIENCES.

– Je suis sûre que Chung va sauter sur l'occasion et te répondre : « Oui ! Moi ! » Il tripe sur toi depuis l'an dernier. C'est pas comme si tu ne connaissais pas ses sentiments.

– Oui, mais de les connaître, c'est pire ! C'est encore plus gênant.

– Alors, en posant la question aux deux, c'est moins pire, non ?

– Oui. Je pense. Mais Simon Chouinard ! Je peux pas croire que je vais parler à Simon Chouinard ! Le plus cassos des cassos. Il est tellement cassos qu'il se rejette sûrement lui-même. Son propre cerveau le rejette.

– Tu n'es pas très bien placée pour parler de cerveaux, ces temps-ci. Le tien lance des signaux d'alarme depuis quelques jours, je te ferai remarquer. SOS-Cerveau. Urgence. J'appelle le 18. Bouche-à-bouche.

– Ha ha ha ha !

– Oh, j'en peux plus. Je suis vraiment trop excitée par ma rencontre avec Luc Trahan. Je suis plus capable de travailler sur rien, je pense.

– Tu sais que les Coréens réagissent super bien au stress ?

Est-ce que j'étais aussi débilos l'année dernière quand j'étais amoureuse de Jérémie*?* se demande Émily. C'est alors qu'elle se fige comme du coulis de chocolat chaud sur de la glace. Parce que, depuis l'entrée de la salle d'études, Jérémie Granger la regarde sans bouger.

Oh... mon... Dieu !

C'est le grand jour. Comment vont-ils tous les deux réagir ? Que faire ? Elle ne peut quand même pas faire semblant de rien. Oui ? Non ? Haaaaaaa !

– Salut, Emma. Salut, Nikki, lance Jérémie en s'approchant.

– Oh, salut, répond Émily en tentant de retrouver sa salive.

Où est sa salive ? Où est-elle partie ?

– Comment ça va ?

– Bien.

Youhouuu ? Salive ?

– La rentrée ?

– Ouais, ça se passe bien.

Aaaaah, au secours, de la salive, quelqu'un !

– OK.

– Je pensais te voir plus tôt, dit Émily en constatant qu'elle a toujours un problème de salive avec Jérémie.

L'année dernière, elle en avait trop. Et cette année, elle n'en a pas assez.

– Ouais, j'ai manqué la rentrée. J'étais en tournage.

– Ah oui ?

Slurp slurp…

– Ouais. J'ai eu un rôle dans une autre pub. Et le tournage était en République dominicaine, alors…

– Waouh ! C'est cool !

– Ouais. Et toi, tu as rencontré le père de Maud ?

– Non, c'est après-demain. Je suis stressée, dit-elle en essuyant ses mains moites sur sa jupe.

On dirait que toute sa salive s'est logée dans ses mains.

– Tu lui diras que je suis disponible pour le rencontrer moi aussi, s'il veut, fait encore Jérémie.

– Heu… ben… heu… en fait, c'est pas LUI que je rencontre, mais son assistant.

– Ah, OK !

– Voilà.

– Je voulais te demander, est-ce que ça t'intéresse de chanter dans notre groupe ? Si ça t'intéresse, la place est libre.

– Maud ne veut plus en faire partie ?

– Ben, je suis pas certain de la garder. Si tu veux, la place est à toi.

– Ah. Heu… ben, je vais y penser, répond Émily.

– OK. Bonne rentrée, Nik.

– Oui, toi aussi.

Émily regarde Jérémie se diriger vers une autre table, où sont assis des élèves de troisième qu'Émily ne connaît pas mais qui la regardent en souriant. *Top gênant !*

– Un rôle. Ben voyons ! dit Emma. Je suis sûre que c'est un rôle muet dans une pub pour papier toilette. Il est tellement prétentieux.

– Ben non, il nous en aurait pas parlé si c'était une pub craignos.

– Bref. C'était pas terrible de te demander de parler de lui à Luc Trahan. Franchement !

– Tu penses qu'il est jaloux ?

– Non. Je pense qu'il va vouloir se rapprocher de toi pour avoir une chance d'avoir un contrat avec Trahan lui aussi.

– Chanter dans son groupe, Emma ! Ce serait ULTRA-génial.

– Il faudrait que tu en parles à Peroxyde avant.

– Mouais.

Émily sait très bien qu'elle doit se méfier de Jérémie Granger. La dernière fois, il a fait éclater son bonheur en mille morceaux.

Stop, Émily, proteste son esprit.

C'est TOI qui as tout fait voler en éclats.

Mouais, mouais, mouais…

Chapitre 12

– Bonjour, mademoiselle Faubert. Bonjour, madame. Asseyez-vous.

– Merci.

Émily et sa mère s'assoient dans les gros fauteuils de l'autre côté du bureau de Jean-Sébastien Bolduc. Il a offert à Émily un verre de jus de raisin. DU JUS DE RAISIN ! On dirait qu'elle a quatre ans. Super professionnel. Déjà qu'elle est accompagnée de sa mère. (Soupir…)

M. Bolduc a un gros grain de poivre entre les dents et Émily a du mal à ne pas le regarder. *Il faut que je me concentre sur autre chose*, se dit-elle. *Ses yeux. Regarde ses yeux.*

– Bienvenue dans les bureaux de M. Trahan !

Grain dans les dents, pense Émily.

– Alors, comme je te le disais, Émily *(Je ne vois que le grain !)*, je suis le responsable des jeunes talents, ici. Quand M. Trahan remarque quelqu'un *(Grain grain grain !)*, il me le fait savoir. J'ai cru comprendre qu'il avait vraiment beaucoup aimé ta performance à Lycéens en spectacle.

– C'était la soirée Amateurs, rectifie Émily.

– Ah oui. *(Grain !)* Excuse-moi. Bon. Alors, voici ce qu'on te propose. *(Grain lili. Grain lala. Grain linlin. Graine de lin.)* On va faire une démo. Est-ce que tu sais ce que ça veut dire ?

– Non.

– On va enregistrer en studio une chanson avec toi. Et on va voir si elle plaît. On va la faire écouter à plusieurs personnes pour avoir leurs commentaires. On tâte le terrain, comme on dit. Si les commentaires sont bons, on va plus loin. Mais il se peut aussi que ça s'arrête là. On aura fait une belle démo, et c'est tout.

– OK.

Waouh ! Elle a réussi à oublier le grain de poivre pendant au moins une minute !

– Qu'est-ce que ça représente, en termes de temps ? demande la mère d'Émily.

– Quelques heures de studio. On parle d'une vingtaine d'heures en tout. Trois séances de studio sur trois jours. Les dates sont inscrites dans le contrat. Je crois qu'il s'agit de… Attendez… laissez-moi vérifier… Oui, en novembre. En semaine. Émily devra donc manquer l'école ces trois journées. On se garde aussi quelques jours flottants en cas d'ennui technique. C'est ce qui est convenu.

– Quels sont les termes du contrat ?

– Oh, j'ai tout ça ici. Vous allez pouvoir le lire tranquillement avant de signer quoi que ce soit. Je n'ai pas d'inquiétude quant à vos connaissances juridiques, madame Salazar, ajoute-t-il en souriant.

Ça y est. Il a reconnu ma mère, se dit Émily. Annick est une avocate célèbre en raison des nombreux procès très médiatisés auxquels elle a participé. Son métier génère souvent des discussions houleuses. Mais Truc-Bolduc ne semble pas vouloir en parler davantage. Truc-Bolduc et son grain de poivre changent donc de sujet.

– Nous avons établi une rémunération fixe en fonction de la réalisation de la démo.

– Et les droits et droits de suite ? Quel est le pourcentage de ma fille ?

– Tout est dans le contrat, madame Salazar.

– Je peux ? demande Annick en montrant le document.

– Bien sûr, allez-y.

Que de chichis, songe Émily. *C'est pourtant simple : on dit OUI et on signe ! Pas besoin que ce soit si looooooong !*

– Quelle est la chanson que je vais chanter en studio ? lance Émily. Est-ce que ce sera la chanson de Rihanna ?

– Non, répond Truc-Bolduc-Grain-de-poivre en riant, comme si Émily avait fait une blague. Non, répète-t-il. Ce sera une chanson originale. Une chanson que personne n'a jamais entendue.

– Ah, cool.

– OK, ça me convient, déclare Annick en donnant le contrat à Émily. C'est équitable, je pense. À ton tour de le lire. C'est toi qui vas le signer, après tout.

– Je savais que ça vous conviendrait, dit Truc-Bolduc-Grain.

Émily se retrouve avec le contrat entre les mains. Son premier contrat. Il y est écrit : « Contrat entre Mlle Émily Faubert (Nikki Pop) et les productions Luc Trahan. »

Oh... mon... Dieu !

C'est donc vrai. C'est réellement en train d'arriver.

Elle commence à lire, mais se décourage rapidement. Elle ne comprend pas grand-chose. Toutes les phrases commencent par « Attendu que ». Il y a au moins deux mille points à lire. Émily fait alors semblant de lire très lentement et hoche la tête de temps en temps. « Huhum. Hahan. Oui, oui. » Elle espère qu'ils croiront qu'elle lit et qu'elle comprend ce qui est écrit. Puis, après avoir parcouru les trois pages, elle pose le contrat devant elle.

– C'est parfait, lâche-t-elle.

– Tu es prête à signer ?

– Oui.

Émily prend le stylo que M. Bolduc lui tend. Bon, il ne faut pas que sa main tremble, ce serait ridicule. Non, sa main ne tremble pas. Ouf. Mais le contrat est tout gondolé.

OH... MON... DIEU !

C'est parce qu'elle a les mains trop moites. Elle a GONDOLÉ le contrat. *J'espère qu'il n'a rien remarqué*, se dit Émily en approchant la pointe du stylo de la petite ligne où elle doit signer.

Bon, c'est le moment.

Quel genre de signature doit avoir une chanteuse sous contrat ? Une écriture illisible comme celle des médecins sur les ordonnances, du genre « je m'en fous » ? Une écriture soignée, du genre « regardez comme je suis appliquée » ? Une écriture en lettres détachées ? Une écriture en lettres attachées ?

– Ça va, Émily ?

– Oui, oui.

Et que doit-elle écrire ? Émily Faubert ou Nikki Pop ?

– Tu as changé d'avis ?

– Non, non. Je me demandais juste quel nom signer.

– Qu'est-ce que tu veux dire ?

– Ben, mon nom ou Nikki Pop ?

– Ah ! j'ai besoin de ton vrai nom. Ton nom de scène est

inscrit dans le contrat à côté de ton nom, alors c'est OK. Mais, pour la signature, il me faut le nom qu'il y a sur ta carte d'identité.

– Ah, OK.

Bon, ça y est. Émily signe. Elle n'est pas très satisfaite de sa signature, mais c'est sa première signature officielle. Elle repose le stylo dans un grand geste théâtral, comme une vedette. Elle s'appuie ensuite sur le dossier de son fauteuil en souriant. Ça y est, c'est une professionnelle.

– Heu... Émily, il faut que tu signes TOUTES les pages des DEUX contrats, le tien et le mien.

Annick essaie de camoufler son fou rire, mais Émily est humiliée. Pourquoi ne pas l'avoir dit tout de suite? Elle n'aurait pas fait tant de simagrées.

Émily se penche de nouveau et signe tout ce qu'il faut signer. Il y en a tellement qu'elle a rapidement le poignet tout ankylosé. Truc-Bolduc-Grain lui tend alors la main et lui écrase ses derniers tendons intacts.

Aïe!

– Félicitations, Émily.

Aïe! Lâche ma main!

– Bienvenue dans la famille des Productions Luc Trahan.

Grain aux dents!

– Le prochain rendez-vous aura lieu d'ici un mois, afin de te faire rencontrer l'auteur de la chanson que tu vas enregistrer.

Aïe, j'ai dit!

– Et ensuite, ce sera le studio.

– OK.

Lâche ma MAIN!!!

– As-tu des questions?

– Heu… je pense pas, non.

Savez-vous que vous avez un grain de poivre entre les dents?

– Bon, eh bien, je vous salue, mesdames, lance Truc-Bolduc en lâchant la main d'Émily et en se levant pour serrer celle de sa mère. Au plaisir!

– Émily!!! C'est un super contrat! C'est génial, ce qui t'arrive, ma loulou! dit Annick en sautillant jusque dans le hall.

– Maman, arrête. Imagine qu'ils nous regardent!

– Mais nooooooon, voyons! Hé!!! Tu as signé avec Luc Trahan, ma cacahuète!

– Mamaaaaan… Est-ce qu'on peut aller plus loin?

– Ha ha ha ha ha. Oui. On va aller manger une glace pour fêter ça!

– Oui!!! Mais ON SORT!!! l'implore Émily.

Elle a peut-être signé son premier contrat, mais ce n'est pas une raison pour avoir une mère débilos qui saute sur place. Elle va peut-être devenir CÉLÈBRE!!! Bon, peut-être pas non plus. Mais elle va enregistrer en STUDIO! Alors, une mère qui sautille partout, c'est… gênant. Même si elle s'apprête à lui payer une glace. *Miam!*

Chapitre 13

De : Émily Faubert (emilfaubert@hotmail.com)
À : Alain Faubert (alain.faubert@yahoo.ca)
Objet : TRAHAN !
Salut ! J'ai signé mon contrat !!! YAHOU !!!!!!! Je vais faire une séance en studio. C'est cool, hein ? L'assistant avait un grain de poivre entre les dents. Drôle.
Émil ☺

De : Émily Faubert (emilfaubert@hotmail.com)
À : William Beauchamp (willskate@gmail.com)
Objet : Luc Trahan
Salut, William. J'ai signé aujourd'hui mon premier contrat de chanteuse professionnelle avec Luc Trahan. J'étais très stressée. J'ai gondolé le contrat. Je sais que cette adresse mail n'est plus la bonne. Mais juste au cas où. S'il te plaît, William. Réponds-moi. Réponds-moi.
Émily

Postmaster@mail.hotmail
Delivery status notification (failure)
The following message could not be delivered :
Salut, William. J'ai signé aujourd'hui mon premier contrat de chanteuse professionnelle avec Luc Trahan. J'étais très stressée. J'ai gondolé le contrat. Je sais que cette adresse

mail n'est plus la bonne. Mais juste au cas où. S'il te plaît, William. Réponds-moi. Réponds-moi.
Émily

De : Alain Faubert (alain.faubert@yahoo.ca)
À : Émily Faubert (emilfaubert@hotmail.com)
Objet : RE : TRAHAN !
Un grain de poivre entre les dents ? Ha ha ha ha ha ha ! Ça devait être déconcentrant ! J'ai hâte que tu viennes me raconter tout ça à la boutique. Ça fait une éternité que tu n'es pas venue et je commence à le prendre personnellement. Je suis sérieux, les clients me désertent. Reviens !!!
Signé : Ton pauvre oncle qui s'ennuie

Chapitre 14

– Vas-y! chuchote Émily à l'oreille d'Emma. C'est le moment!

Mme Blain, la prof d'anglais, vient de leur donner le feu vert pour les travaux d'équipe. C'est le moment idéal pour qu'Emma aille demander à Chung (en fait, à Simon Chouinard ET à Chung) s'il a envie de s'inscrire à Expo-Sciences avec elle.

– OK. Je suis prête. Je suis prête.

Emma se lève, droite comme un I. On dirait que ses articulations ne plient plus. Elle a presque soulevé le pupitre avec elle, et toutes les affaires qu'elle y avait empilées s'écrasent sur le plancher. Le bruit est assourdissant et tout le monde se retourne vers elle.

– Désolée! dit Emma en devenant rouge comme le nouveau rouge à lèvres que porte Taylor Swift dans la pub pour *Covergirl*.

Émily suit Emma des yeux. Elle a peur qu'elle se dégonfle et qu'elle revienne avant d'avoir dit un mot. Emma franchit pourtant les trois pas la séparant des bureaux collés de Chung et de Simon Cassos-Chouinard.

– Sssssssalut!

– Salut, Emma, répond Chung.

Simon Cassos-Chouinard lui sourit. Emma n'a jamais vu un sourire aussi insignifiant depuis celui du gorille du zoo de Beauval.

– Je me demandais… heu… en fait, je me disais… heu… vous savez, ça va être les inscrisp… les zinstric… RHAAAA! Les inscriptions d'Expo-Sciences bientôt, et…

– Oui !!! répond Cassos-Chouinard. Tu veux bien le faire avec moi ?

– Heu… ben… heu… ben… heu… OK?

– SUPER! Tu as une idée ?

Émily tousse très fort au pupitre d'à côté.

– Ben… heu… écoute, il faut que je retourne voir Émily parce que je pense qu'elle s'est étouffée. Tu vois? Mais on s'en reparle, OK?

– OK! Je suis super content! Je pensais pas que je trouverais quelqu'un qui serait intéressé pour s'inscrire! C'est pas tout le monde qui aime les sciences, hein ?

– Heu… ben non, hein? Hin hin hin hin. En fait, je pensais pas que ça t'intéressait, toi non plus… heu… hé hé hé. Bon, ben, je vous laisse. OK. Bye.

Émily a plaqué sa main sur sa bouche. Elle écarquille les yeux pour montrer à Emma qu'elle a tout entendu, mais qu'elle ne peut pas vraiment en parler parce que Chung et Simon Chouinard vont tout entendre.

– HORREUR, articule Emma qui prend tout de suite une feuille sur laquelle elle écrit : « Je veux mourir. »

Émily regarde son amie d'un air découragé.

– Dis-lui que tu veux pas !!!

– Pas gentil.

– Oui mais !

– L'ANGOISSE.

– Toilettes ?

Emma fait signe que oui, et toutes deux sortent de la salle après avoir eu la permission de Mme Blain.

– C'EST ÉPOUVANTABLE, ÉMILY!!! crie Emma. Je vais être coincée avec Simon Chouinard ! SIMON CHOUINARD !!! Le Cassos suprême ! Je vais être obligée de travailler en dehors de l'école avec LUI !!! Je vais devoir l'inviter chez moi ! L'angoisse, l'angoisse, l'angoisse.

– Calme-toi, Emma. Tu n'as qu'à lui expliquer que tu voulais demander à Chung.

– Ben voyons ! Ça se fait pas ! C'est vraiment trop boa. En plus, ce serait beaucoup trop humiliant pour moi. Ce serait la preuve que j'ai manqué de courage pour demander directement à Chung. Non, non, je te dis, ma vie est musti finie.

Émily est navrée pour son amie. Simon Chouinard est vraiment une plaie. Avec du pus. Une plaie qui est devenue verdâtre sur le dessus. Après le cours d'éducation physique, Cassos-Chouinard sent toujours un peu le... heu... le... le gorille. Il a toujours des taches de bouffe partout sur ses vêtements. On peut toujours dire ce qu'il a mangé au petit déjeuner. Et au déjeuner. Tout est sur sa chemise et s'accumule pendant la journée.

Mais le pire, c'est qu'il est vraiment fatigant. Quand il parle, c'est toujours looooong et inintéressant. Faire un travail d'équipe avec Simon Chouinard, c'est la pire chose qui puisse arriver à quelqu'un. Pauvre Chung qui est assis à côté de lui. Et pauvre Emma.

– On aurait dû y penser, dit Émily.

– C'était TON idée, je te signale.

– J'étais tellement sûre que Chung te dirait oui.

– IL A PAS EU LE TEMPS ! J'ai même pas pu finir

ma phrase. Et en plus j'ai bafouillé le mot « inscription ». Franchement. Inscription. Inscription. Inscription. Inscription. Inscription. Inscription. Inscription. Je peux même le dire plusieurs fois de suite super rapidement sans me tromper. Regarde : inscription. Inscription. Inscription. Inscription…

– Bon. On va trouver autre chose.

– Mais je vais être coincée avec lui quand même !!! On voit bien que c'est pas toi qui vas passer des heures avec Super-Cassos pour réfléchir à un problème de sciences.

– Ben, tu pourrais trouver un sujet qui intéresserait Chung. Ou te servir de Cassos-Chouinard pour en savoir un peu plus sur Chung. Il est assis à côté de lui en cours d'anglais. C'est pas rien.

– Mouais.

– Il faut toujours voir le bon côté des choses.

– Je vais me passer de tes proverbes débiles pour le moment, si ça te fait rien. Ce qui m'arrive est épouvantable.

Emma se penche au-dessus du lavabo et s'asperge le visage d'eau froide.

– Qu'est-ce que tu dirais de carrément lui demander de sortir avec toi ? suggère Émily.

– T'ES FOLLE ?

– Je blaguais. On pourrait se mettre à la recherche d'informations sur Chung. Et faire comme un genre de mission Chung ?

– Ouais, pas bête, répond Emma. Je consignerais tout dans un carnet. Le carnet Chung.

– Voilà ! dit Émily, tout heureuse d'avoir réussi à redonner un peu d'enthousiasme à son amie. Tu pourrais donc utiliser Cassos-Chouinard pour ça.

– Ouais.

– Et moi, je pourrais prendre des notes quand tu n'es pas là. On est ensemble en cours d'éthique.

– On monte un dossier Chung Top Secret…

– Genre.

Emma sourit. L'idée lui plaît. Émily sourit, mais au fond, elle est vraiment découragée. Parce que si Emma fait Expo-Sciences avec Cassos-Chouinard, ça veut dire que Cassos-Chouinard va se mettre à traîner avec elles.

Oh… mon… Dieu!

Chapitre 15

– Comment ça va ?

PeroxyMaud vient de surgir devant Émily. Elle s'assoit en face d'elle à l'une des tables de la salle d'études et sort un flacon de vernis à ongles rose.

– Ça va bien. Et toi ? demande Émily en souriant.

– Bien. Qu'est-ce que tu fais ?

– Je lis de l'ancien français. Ma prof de chant est folle. Elle me fait chanter des phrases à l'envers et c'est super compliqué.

– Oh, c'est pas si compliqué que ça, l'ancien français, répond Maud en haussant les épaules.

– Tu connais ?

– Oui. J'ai un don pour les langues. Enfin, c'est ce qu'on m'a dit, ajoute-t-elle en rigolant.

– Ah oui ? fait Émily qui ne comprend pas trop ce qu'elle veut dire.

– Oui. Bon, tu peux pas comprendre.

Maud étale du vernis rose sur les ongles de sa main gauche et fouette l'air pour le faire sécher.

Fouette, fouette, fouette.

– Tu en veux ? propose-t-elle en montrant le flacon.

– Heu… j'en ai jamais mis.

– Relaxe, c'est pas de la drogue, c'est juste du vernis. Et ça t'irait bien parce que ça fait des doigts sexy. Ça ferait beau quand tu tiens un micro. En plus, rose, ça va bien avec ton teint. Le rose, c'est beau pour les blondes.

Émily se demande si Maud se considère maintenant comme une blonde. Probablement. Pauvre Maud. Émily a remarqué qu'elle s'applique maintenant du fond de teint pâle sur le visage. C'est un peu raté parce que son cou, lui, reste caramel.

– OK, merci. Je vais essayer, dit Émily avant d'appliquer maladroitement un peu de vernis sans dépasser.

Ouf! Pas facile. Elle se tache un peu les doigts, mais finalement, le résultat est assez joli.

– Tu vois ? Je te l'avais dit que ce serait sexy.

Sexy ? Heu… joli peut-être, mais sexy ? Bon, si on veut.

– Et maintenant, comment je fais l'autre main ? demande Émily en tenant sa main rose en l'air.

– Attends que ça sèche, tu feras l'autre après.

Émily se dit que c'est le moment idéal pour parler à Maud du groupe de Jérémie. Contre toute attente, Maud est vraiment devenue gentille, et Émily ne voudrait pas lui faire un mauvais coup dans le dos. Elle fouette à son tour l'air de sa main pour faire sécher son vernis. Fouette, fouette. Elle a davantage l'impression de chasser une mouche imaginaire que d'être sensuelle, mais bon.

– Est-ce que tu chantes toujours dans le groupe de Jérémie ? lance-t-elle en fouettant l'air avec énergie.

– Oui. Pourquoi ? fait PeroxyMaud, les sourcils froncés.

Émily hésite. Visiblement, Jérémie ne lui a rien dit.

– Ben, Jérémie est venue me demander si ça m'intéressait, explique-t-elle en continuant d'agiter frénétiquement sa main. Je lui ai pas dit oui tout de suite, je voulais savoir si tu étais au courant, si tu voulais continuer ou si tu voulais arrêter. Je voulais en parler avec toi avant.

Le visage de Maud s'est entièrement crispé sous le fond de teint beige. On dirait que de la lave va sortir de ses yeux. Mais, en quelques secondes, elle retrouve son air détendu et sourit. Émily a-t-elle rêvé ?

Non, elle n'a pas rêvé, puisque le fond de teint a craqué sous les mille petites rides qui se sont formées. Mais peut-être Maud a-t-elle simplement retenu un éternuement et s'est-elle crispée sous l'effort.

– Oh, je t'ai dit que je chantais encore avec eux, mais en fait, je pensais arrêter. Je les trouve pas assez bons. Mais toi, tu devrais dire oui à Jérémie.

– T'es sûre ? demande Émily qui, oubliant son vernis, vient de se passer la main dans les cheveux.

– Oups, fais attention, le vernis, ça colle, dit Maud.

– Je veux pas prendre ta place, tu sais, poursuit Émily qui essaie de sauver la face en faisant semblant de s'étirer pour gagner du temps, mais qui ne parvient qu'à emmêler ses cheveux dans sa bague en argent.

– Si tu veux continuer à chanter dans le groupe, je lui dis non.

– Non non. Fais pas ça. Ça me fait plaisir. Tu chantes mieux que moi, de toute façon, affirme Maud en lui faisant un clin d'œil. Hé, tu devrais enlever ta main de tes cheveux pour ne pas trop abîmer ton vernis.

Émily fait alors mine de ne pas avoir entendu et appuie sa joue contre sa main, faute de pouvoir bouger sans s'arracher une mèche.

C'est vraiment le monde à l'envers, se dit-elle.

Maud aurait toutes les raisons de lui en vouloir, mais elle tient quand même à son amitié. Encore mieux, elle l'encourage. Émily va bientôt croire que Maud est vraiment sincère dans son nouveau rôle d'amie.

– Merci ! OK, je vais dire oui à Jérémie, dit-elle en sentant poindre un début de mal de cou causé par sa drôle de posture.

– Écoute, je vois Jérémie tout à l'heure, répond Maud en rangeant le flacon dans son sac à main Vuitton. Je lui dirai pour toi.

– Oh, ben OK. Cool.

– Cool.

Maud passe sa main (aux ongles secs) dans ses cheveux. Elle porte plusieurs petits bracelets en or qui s'entrechoquent quand elle bouge. Émily remarque avec soulagement que ses propres ongles sont restés roses quand même.

– Parle-moi de Robert Pattinson, lance-t-elle.

– Qu'est-ce que tu veux savoir ?

– Ben, sur Facebook tu as mis une photo où tu étais à côté de lui sur un tapis rouge l'année dernière. Tu l'as rencontré personnellement, alors ?

– Oui, fait Maud sur un ton un peu blasé. J'accompagnais mon père aux Oscar. À cause de Lola Smith.

– Waouh ! T'as de la chance de vivre tout ça.

– Ouais.

On dirait que Maud ne réalise pas à quel point elle vit des choses extraordinaires grâce au métier de son père. On dirait qu'elle est un peu fâchée qu'Émily lui en parle.

– Et ? Il est comment ? continue Émily, curieuse.

– Ben, normal. Les vedettes sont toujours normales. Ça

fait drôle sur le coup, parce que tu es habituée à les voir sur un écran et, là, tu les vois devant toi. Mais c'est tout.

– Tu lui as parlé ?

– Ouais, ouais.

– Et alors ?

– Ben… hésite Maud, il m'a dit qu'il me trouvait belle. Et puis on a pris un verre ensemble au cocktail d'après.

– AH OUI ???

– OUI ! s'exclame Maud, soudain excitée. Il aurait bien voulu qu'on se voie ensuite pour passer la nuit ensemble, mais…

– Hein ?

– Mais je pense qu'il était trop occupé. Et moi aussi. On prenait l'avion quelques heures plus tard. Alors…

– WAOUH !

Maud se penche sur ses ongles. Émily ne remarque pas que sa nouvelle amie a arraché un petit bout de peau au bout d'un de ses doigts.

– Ouais, c'était super, dit encore Maud sur un drôle de ton. Bon, ben je vais retourner voir Mélina, conclut-elle en se levant. Elle doit m'attendre devant les casiers.

– OK. Merci pour le vernis.

– De rien !

Émily regarde Maud s'éloigner. *Tu parles d'une vie*, pense-t-elle. *Un soir avec Robert Pattinson à Los Angeles, un soir ici avec ses devoirs…* Elle est heureuse de voir qu'elle a vraiment fait la paix avec Maud. Peut-être que celle-ci pourra lui prêter ses Vans édition limitée ?

Robert Pattinson.

Waouh.

Émily profite du départ de Maud pour libérer les cheveux prisonniers de sa bague. Elle remarque alors qu'elle a oublié de mettre du vernis sur les ongles de sa main droite. Elle a une main rose et une main normale. *Suuuuuper.*

Chapitre 16

– Pffff, pffff, pfffff… MOUHA HA HA HA HA HA HA HA !! Pfff, pffff, scusez, madame Gentilly, mais j'y arriverai jamais !!! dit Émily en pouffant de rire.

Mme Gentilly, assise sur le banc de piano, soupire bruyamment. Elle ressemble à la pauvre grenouille que Marie-Pierre a fait fumer. Elle n'arrêtait pas d'expirer, elle aussi. Mais après, elle a… Elle a…

Oh… mon… Dieu !

Et si Mme Gentilly explosait, elle aussi ? Émily cesse de rire immédiatement, de peur de voir des morceaux de son professeur partout autour d'elle.

– Mais si. Mais si, tu vas y arriver, affirme la vieille dame. Allez, *dear*. Respire, on recommence.

– Non, vous voyez bien que je suis incapable de ne pas rire. C'est à cause des mots. Comme « sourire ». « Un souris » ! « Un souris », tu sais ! Un souriiiiiiis. Hi hi hi hi ! fait Émily qui recommence à rire.

Émily essaie depuis au moins une demi-heure de chanter *La Pavane* en gardant son sérieux, mais elle n'y parvient pas. Cette fois-ci, c'est à cause du mot « souris » au lieu de « sourire » qu'elle a craqué. *Un souris radieux. Ha ha ha ha ha !*

– Comment, non ? Je n'accepte pas de non, jeune fille. Si tu me dis non encore une fois, tu sors de chez moi.

– Madame Gentillyyyyyyyyyy, je comprends rien à ce que je chante de toute façon. Ce sont trop des drôles de phrases.

– Parce que tu vas me dire que tu comprends ce que tu chantes quand tu chantes tes chansons en anglais ? demande Mme Gentilly.

– Non… pas toujours, c'est vrai, mais…

– Bon. Eh bien, peut-être que des fois tu chantes des choses complètement idiotes sans le savoir.

– Ah ah ! Vous aussi, vous trouvez que les paroles de cette chanson sont idiotes !

– *NO* !

– Madame Gentilly ! « Une mignarde » ! « Une angelette » ! « Ta bouche toute doucette » ! C'est pas de l'amour, ça. C'est du n'importe quoi.

– Hé, tu trouves que « bébé, ton aura est incroyable », c'est plus romantique ?

– Je…

Émily reste le doigt en l'air quelques secondes. Bon. Mme Gentilly vient de marquer un point. Émily n'aurait jamais pensé que son professeur connaissait des paroles de Rihanna. Parfois, on dirait qu'elle vit dans un autre monde, celui d'avant l'ère glaciaire. Avant le numérique.

Avant Justin Timberlake.

Avant New Kids on the Block, c'est dire !!! Or, elle vient de citer *Don't Stop the Music* de Rihanna.

– Nan, c'est vrai que c'est pas super, le truc de l'aura, avoue Émily. Mais vous avez choisi la phrase la plus cucul de la chanson, aussi.

– Toi aussi, tu choisis les passages les plus « cucul », comme tu dis. Tu ne parles pas de « Belle qui tiens ma vie captive dans tes yeux ». Je ne te crois pas si tu me dis que tu trouves ça idiot.

– Non, admet Émily. Je ne trouve pas CETTE PHRASE idiote.

– Et « Tes beautés et ta grâce ont échauffé la glace qui me gelait les os » ? Ce n'est pas idiot non plus… C'est même très beau.

– Oui, c'est vrai que CE PASSAGE est beau.

– Bon. Concentre-toi sur les passages qui te plaisent, au lieu de t'arrêter à ceux qui te font rire.

– Je n'arrive pas à ne pas rire ! C'est « l'angeleeeeeette », dit Émily en cédant de nouveau à un fou rire.

– *Jesus*, soupire Mme Gentilly en se levant du banc de piano. Je n'y arriverai pas. Tu vas rester imbécile, Émily Faubert. Une imbécile de plus dans l'univers de la musique.

Oh, oh. Émily se souvient avoir entendu son oncle Câlin se plaindre des ignorants qui réussissent dans le monde de la musique pop. C'est quelque chose qu'il dénonçait avec colère. Or, Émily a maintenant un contrat avec l'agent le plus influent du milieu artistique.

Si elle devient populaire (*Si, hein ? Juste si !*), eh bien, SI elle devient populaire, elle sera elle aussi une de ces imbéciles de la musique, puisqu'elle ne connaît rien d'autre que la pop. Et encore. La pop des dernières années seulement. Elle ne connaît même pas la vieille pop. Est-ce que ça se peut, d'ailleurs, de la vieille pop ? Depuis quand existe la pop ?

Mouais.

– Madame Gentilly ?

– Hum ?

– Je ne veux pas être une imbécile.
– Et ?
– Je vais chanter *La Pavane.* Je vais y arriver.
– Bien. Allez.

Mme Gentilly se rassoit au piano et entame les premières mesures. Émily attaque le premier couplet.

– Belle qui tiens ma vie
Captive dans tes yeux,
Qui m'as l'âme ravie
D'un souris gracieux... (Elle n'a pas ri ! Elle n'a pas ri !)
Pourquoi fuis-tu mignarde (*Oh oh, reste concentrée !*)
Si je suis près de toi,
Quand tes yeux je regarde
Je me perds dedans moi.
OK, le pire passage arrive. Respire bien.
Je meurs mon angelette
Je meurs en te baisant,
Ta bouche tant douuuuuuuuuceeeette...
Mouaraha ha ha ha ha ha ha ha !!

– *For God's sake* ! dit Mme Gentilly en levant les yeux au ciel.

Chapitre 17

– Salut! lance Émily avec une joie qu'elle ne parvient pas à dissimuler.

– Salut, Nik! Entre.

Émily entre dans le local d'improvisation où répète le groupe de Jérémie. Elle n'y était pas revenue depuis juin, et voir Zachary assis derrière la batterie lui tord le ventre. L'année dernière, c'était William qui était assis là. Sa joie vient de descendre d'un cran.

– Bon, on va mettre quelque chose au clair tout de suite, dit Jérémie sur un ton agressif. Nous, on décide en groupe de ce qu'on joue. Et on a le dernier mot parce qu'on est dans le groupe depuis plus longtemps que toi. Clair?

– Ben… oui.

Émily ne comprend pas trop pourquoi elle a droit à un tel accueil. Elle s'attendait qu'il soit heureux de la voir. Après tout, c'est LUI qui lui a demandé de faire partie du groupe. Elle, elle n'a rien demandé. Encore moins de choisir les chansons!

– Autre chose, on ne fera JAMAIS du Justin Bieber.

– Ben, JE LE SAIS!!

– Sérieux. On touche pas à son répertoire. C'est à prendre ou à laisser.

– Ben, pas de problème. Je l'aime pas des masses…

– Ouais ouais, vous dites ça, les filles, et après on trouve des photos de lui dans vos agendas, répond-il en plaquant un accord sur sa guitare. J'ai appris des trucs sur toi, Émily. Mais l'important, c'est qu'on s'entende. Y aura pas de petite starlette. On est pas le groupe d'une chanteuse. On est un groupe. Point.

– Oui, oui !

– Et les crises de bébé, on en veut pas.

– Ben non, ça va. Je vous ferai pas de crises.

– On verra.

Émily est vexée de se faire traiter de la sorte. Non mais, qu'est-ce qui lui prend, à lui ? Un peu plus, et il la sortirait du local à coups de guitare !

– Bon, reprend-il. On va commencer avec le répertoire des Black Eyed Peas. On va essayer *Just Can't Get Enough*, on l'a jamais jouée. On a les paroles sur une feuille si tu veux. Tu les connais par cœur ?

– Ben… heu… non… heu… oui, je les connais, tu sais, à l'oreille.

Émily est gênée. Elle est devant des mecs de troisième qui viennent de la traiter comme un bébé, et, maintenant, elle doit tenter de leur expliquer qu'elle connaît à peu près les paroles de cette chanson, mais en pseudo-anglais, à force de l'avoir écoutée à la radio.

HUMILIANT.

– Prends la feuille. On va faire un essai.

Oh… mon… Dieu !

Sans l'écouter avant ?

– Ben attends, laisse-la au moins lire la feuille une fois, genre, dit Breton-Cheveux.

– On pourrait pas commencer par une chanson qu'elle connaît ? suggère Zachary. Je pense qu'on s'éclaterait plus. On pourrait ensuite travailler sur des nouveaux morceaux.

– Ouais, fait Jérémie. OK. Mais c'est pas toi le boss, Nik. OK ? répète-t-il en la pointant du doigt.

Émily ne comprend vraiment plus rien. Comme première répétition avec le groupe, c'est vraiment réussi ! Qu'est-ce qui a bien pu se passer entre leur rencontre à la cafétéria et aujourd'hui ? Pourquoi est-il aussi dur avec elle ? Au point de la montrer du doigt en l'engueulant alors qu'elle n'a rien fait ?!

Émily n'a plus vraiment envie de chanter avec eux, mais entame les premières paroles de *I Gotta Feeling*, la chanson que le groupe a jouée à la soirée Amateurs l'année dernière. C'était alors Maud qui chantait la partie de Fergie. Et c'était William qui était à la batterie.

Pauvre Maud, se dit Émily. Si Jérémy était aussi dur avec elle, pas étonnant qu'elle ait laissé sa place facilement. Elle en avait peut-être marre de se faire engueuler. Émily lui en parlera la prochaine fois qu'elle la verra. Elle est bien contente de l'avoir maintenant comme amie.

Une question la tiraille cependant : devrait-elle lui dire que ses cheveux sont en train de devenir jaunes ? Sont-elles assez amies pour ça ? Peut-être que Maud ne s'en rend pas compte… Pauvre Maud.

La tension reste palpable tout au long de la répétition. Émily ne chante pas très bien, elle en a bien conscience. Elle ne s'est pas lâchée. Et puis, surtout, elle n'a pas de plaisir.

Il faut qu'elle trouve un moyen de sortir du local au plus vite avant que son sang ne coagule sous la tension.

– Hey ! Je viens d'oublier que… que… que je devais aller… heu… m'épiler ! s'écrie-t-elle.

Je ne viens pas de dire ÇA ?!

– Hein ? répond Jérémie.

– Ouais ! Heu… un rendez-vous chez l'esthéticienne. Heu… super important. Heu… pour me faire épiler les JAMBES. Oui. Tu sais, pas le… Heu… les JAMBES. Et les aisselles. Heu… SUPER ZUT, hein ? Il faut vraiment que j'y aille, j'avais complètement oublié ! dit-elle encore en ramassant ses affaires.

– Ben, on vient de commencer la répète…

– Je sais, franchement, je suis désolée. Vraiment désolée. Heu… pardon. Excusez ! C'est une urgence de poils.

TAIS-TOI, Émily !

Elle quitte rapidement le local et lance un simple « bye » en claquant la porte. AAAAAAAH ! Elle a l'impression de ne pas avoir respiré une seule fois durant toute la répétition. Son dos et ses épaules sont coincés en un bloc de beurre de cacahuètes bio. Épais. Qui ne bouge pas. Qui ne s'étale pas. Beurk.

Chapitre 18

– Emma ! Tu joues à la Xbox !!!???

– CHUT !!! crie Emma en sautillant d'un côté et de l'autre avec la manette, comme si ça pouvait aider son personnage à bouger sur l'écran.

Elle se penche, se dresse sur la pointe des pieds, se repenche...

– Heu... Emma, c'est pas un jeu Kinect. T'as pas besoin de bouger pour faire bouger ton personnage...

– CHUT !!!

Mais Emma continue de secouer la manette alors qu'elle vient de perdre.

– Emma, tu es morte. Tu peux arrêter de secouer la manette.

– Eh merde ! Pourquoi tu m'as déconcentrée, aussi ?!

– Heu... Emma ? Tu as de la fièvre ? Je te signale que tu joues à la Xbox. À un jeu que tu trouvais IDIOT À MORT l'année dernière !

– Oui, mais j'ai changé d'avis. Finalement, c'est vraiment super comme jeu. Ça développe les capacités spatiotemporelles et la motricité fine.

– Ouais ouais. C'est Chung, c'est ça ?

– C'est ça, répond Emma en souriant.

– Je viens de me sauver de la répète avec le groupe. Tu devineras jamais ce que j'ai sorti comme excuse pour pouvoir partir en catastrophe!

– Ah, fait distraitement Emma en regardant sa manette comme si elle pouvait se mettre à danser sous ses yeux.

– Houhou! Emma! Je répète: je me suis sauvée de la répète.

– Ouais ouais, fait Emma, totalement fascinée par la manette.

– Et j'ai croisé Chung, il était en train d'embrasser Mme Cloutier devant les casiers!

– QUOI??? crie Emma en levant enfin les yeux vers elle.

– Sérieux, Emma, tu pourrais m'écouter un peu plus!

– C'est vrai que…

– Je viens de me sauver de ma répète. J'en reviens pas d'avoir fait ça.

– Pourquoi?

– C'était l'enfer!!!

– Comment ça?

– Ben, je comprends plus rien. Jérémie était super méchant. Il m'a crié dessus tout le long. Comme quoi il fallait pas que je fasse ma diva ni que je devienne le boss du groupe. Et il fait une fixation sur Justin Bieber.

– Jérémie aime Justin Bieber???

– NON! Au contraire. Je sais pas trop pourquoi, mais il pense que je veux que le groupe joue ses chansons. Heu… le lien, s'il vous plaît??

– Hein? Mais pourquoi?

– JE SAIS PAS! C'est ce que je te dis depuis une heure!!! Je comprends vraiment pas d'où ça sort.

– Peut-être qu'il a changé d'avis, suggère Emma. Peut-être qu'il ne te veut plus dans son groupe mais qu'il ne sait pas comment te le dire.

– OH, MON DIEU ! Trop humiliant.

– Comment il a réagi quand tu lui as dit que tu acceptais son offre ?

– Ben, je sais pas. C'est Maud qui lui a dit.

– Maud ?

– Ben oui, c'est elle qui a fait passer le message.

– Ben là, cherche pas, répond Emma en levant les yeux au ciel. Elle a dû dire du mal de toi, c'est évident.

– Non non, pas du tout. On est vraiment amies. On a eu une discussion super cool, et en plus elle m'a passé son vernis à ongles.

– Waouh ! Vos ongles sont amis, ironise Emma.

– Non, sérieusement, je pense que ça veut dire qu'on est amies maintenant.

– Oh là là !

– Non, je te dis, Emma, elle a changé. Je pense au contraire qu'elle en avait marre de se faire traiter comme je me suis fait traiter aujourd'hui. Elle m'a dit qu'elle ne voulait plus faire partie du groupe. Alors, pourquoi aurait-elle été jalouse ? Non non, c'est pas ça.

– Alors, je sais pas quoi te dire, à part peut-être qu'il ne faut jamais se fier à une fille qui a les cheveux jaunes.

– Tu as remarqué, toi aussi ???

– Oui ! Ils deviennent jaunes. C'est le peroxyde qui fait ça.

– Je sais.

– En parlant de peroxyde, j'ai revu le roi des taches aujourd'hui.

– Oh. Et ?

– Ben, dit Emma en s'écroulant sur le divan, c'est encore piiiiiiire que ce que j'avais imaginé. C'est atroce, Émily. Il n'a pas arrêté de me parler de ses idées débiles. Il veut qu'on fasse du jardinage. Tu te rends compte ??? Et il va me falloir un masque à oxygène. Il sent la pizza aux anchois digérée. Et il postillonne. Berk !

– Du jardinage ?

– Ben oui. Il veut qu'on fasse un truc sur la photosynthèse et qu'on fasse pousser des plantes témoins. C'est MUSTI chiant. J'angoisse.

– T'as réussi à avoir des infos sur Chung en le questionnant ?

– Pas vraiment, soupire Emma. J'ai essayé de lui demander s'il avait des beaux stylos ou effaceurs, ce genre de choses. Mais Simon-Cassos est teeeeeeellement ennuyeux, c'est inhumain. Il ne faisait que me raconter en DÉTAIL le contenu de SA trousse. Non, mais c'est pas trop chiant, le contenu d'une trousse ? C'est toujours la même chose : des effaceurs, des crayons de papier, des feutres, des stylos à bille, des trombones, des marqueurs… Pfff. Chiant.

– Ben, toutes les trousses sont pas aussi chiantes, visiblement.

– Hein ?

– Celle de Chung t'intéresse !

– Oui. Celle-là m'intéresse, c'est vrai. J'aimerais savoir de quoi ont l'air ses effaceurs, ses crayons de papier, ses feutres, ses stylos à bille, ses trombones, ses marqueurs, dit Emma en soupirant encore.

Émily s'assoit à côté de son amie sur le divan moelleux de la salle de jeux.

– J'ai quelques infos pour le dossier Chung. Je l'ai bien observé en cours d'éthique ce matin. Il a pas dit un mot durant les discussions, mais il a eu l'air très intéressé quand on a parlé du mariage gay.

– OH NON !

– Non, non, je pense pas qu'il soit gay ! s'esclaffe Émily. C'est pas ce que je voulais dire. Franchement, Emma, tu le sais, il tripe sur toi ! Il t'a même fait une déclaration l'année dernière devant toute la classe d'impro. Relaxe.

– Oui, oui, c'est vrai.

– Bon. Ce que je voulais dire, c'est qu'il a peut-être un frère ou une sœur gay ?

– Youpi ! On a un début de dossier !!!

– En fait, il faudrait noter ce qu'on sait déjà. Ensuite, on ferait des mises à jour.

– Bonne idée, dit Emma qui sort de son sac à dos un carnet neuf avec de petits nuages sur la couverture, et un stylo.

– Bon, on sait qu'il est coréen. Qu'il s'appelle Elton Chung. Qu'il a travaillé au planétarium.

– Wo, wo, ralentis, lance Emma. J'ai pas le temps de tout noter.

– On sait qu'il joue à *Call of Duty*. Qu'il est intéressé par le mariage gay.

– Hé, c'est pas mal pour un début, déclare Emma qui inscrit le mot « sœur » avec un gros point d'interrogation. Merci !

– De rien, c'est dans ma nature d'être efficace, fait Émily en riant. D'ailleurs, tu devineras jamais ce que j'ai donné comme excuse pour me sortir de la répète ! J'ai dit que… OH, MON DIEU ! Il faut que je me sauve d'ici !!!

Qu'est-ce que je fais là ?! Et si Jérémie me voyait ici ?!! Je suis supposée être en train de me faire épiler ! crie-t-elle en ramassant son sac et en s'enfuyant pendant qu'Emma dessine un petit cœur rouge au bas de sa feuille.

Chapitre 19

– J'hallucine total !!! dit Émily. J'ai reçu la chanson que je dois chanter pour le démo de Luc Trahan, et elle est horriblement chiante.

Elle est assise sur une grosse caisse de la boutique Les Beaux Débarras, devant son oncle Alain. Celui-ci se laisse pousser la barbe depuis l'été, et elle est tellement dense qu'il a maintenant l'air d'un homme des cavernes. Ou d'un taliban.

– Ça doit pas être si terrible que ça, quand même, répond Alain en s'appuyant sur le comptoir.

– SIIIIIIIIIIIIIIIIIIII ! C'est nuuuuuul. Nul nul nul.

– Luc Trahan t'aurait pas donné une chanson nulle à chanter, il est pas fou. Ce qu'il veut, c'est faire de l'argent. Oublie pas.

– Ben il fera pas un tube avec ça. C'est SÛR que ça passera jamais à la radio ! Les paroles sont débilissimes. Genre « éclair » qui rime avec « clair ». Tu parles d'une rime. Et la musique, la musique... Je préfère encore chanter l'angelette !

– L'angelette ? C'est quoi, ça ? Calme-toi un peu. Tiens, prends ça. C'est une boule antistress. Tu peux l'écraser autant que tu veux pour passer ta colère. Prends-la.

Émily écrase la boule dans sa main. Ah, c'est vrai que

ça fait du bien ! Elle imagine que la boule est la tête de Truc-Bolduc-Grain. Truc-Bolduc-Grain qui lui a fait rencontrer un auteur-compositeur âgé d'environ mille ans qui ne connaît rien aux chansons d'aujourd'hui. Un auteur-compositeur qui a écrit une petite chansonnette CUCUL qui s'appelle *Vive les ballons*. « VIVE LES BALLONS » !!!!

– La musique est tellement NULLE, rage-t-elle en écrasant la boule-tête.

Tiens, je t'aplatis, Truc-Bolduc !

– Si tu l'entendais ! *(Je t'écrabouuuuille !)* On dirait une chanson d'Hanna Montana qui parle de hamsters. *(Je te preeesse !)* Non mais franchement ! *(Je te broiiie !)* Il est pas question que je chante quelque chose de bébé comme ça ! *(Je te lamiiine.)* Je sais bien que je suis jeune dans le métier *(Je te pressuuure !)* mais il y a des limites ! *(Je te… heu… concasse ? Ouais !)*

– OK… heu… redonne-moi la balle, Émily, tu es en train de la détruire.

– Non mais ! *(Je te pulvériiise !)* Et le pire, c'est que je suis coincée. *(Je te piiile !)* J'ai signé ! *(Je t'aplatis !)* Signé ! *(Je t'anéantiiis !)* Je suis obligée…

– Tu as signé quelque chose au sujet du titre de la chanson ? demande Alain en subtilisant la boule à Émily pour la ranger dans un tiroir.

– Non. J'ai rien signé sur ça, c'est vrai. Tu crois que je suis pas obligée de chanter cette espèce de niaiserie ? Quand je pense qu'ils m'ont dit que je chanterais pas du Rihanna sous prétexte qu'il fallait que ce soit « bon ». Hé ! Où est passée la boule ? Je veux la boule !

– Elle est partie se coucher, la boule. Je te dis, regarde

attentivement ton contrat, ça en vaut la peine. Cette chanson-là, ce sera ta signature, alors il faut que tu l'aimes.

– Oui, c'est ÇA qui me tue. Je peux pas croire que je vais être associée à cette chanson-là ! Un peu plus et ils me font chanter le générique de *Bob l'*éponge ou des *Télétubbies* ! La boule !!! Je veux la boule, Câlin ! La bouuuuuule.

– Tu l'as avec toi, ton contrat ?

– Ben non. Je suis super contente d'avoir un contrat professionnel, mais je dors pas avec, quand même. LA BOULE ! OÙ EST-ELLE ?

– Peut-être que tu pourrais demander une autre chanson originale ? Ils doivent en avoir en stock, c'est une grosse entreprise. Je suis sûr qu'ils ont une réserve de chansons non utilisées.

– J'ai une crise de boule. Je VEUX la boule. C'est ça, une désintox ?

– Ou alors tu pourrais en écrire une, toi. Non ?

– Une quoi ? Une boule ?

– UNE CHANSON. Tu pourrais écrire une chanson.

– Moi ?

– Ben, pourquoi pas ? Tu pourrais en même temps leur montrer que tu n'es pas juste une chanteuse extraordinaire, mais que tu es aussi une auteure. Ils aiment ça, dans le milieu, les auteurs-compositeurs.

– Mais, mais, mais…

– Tu ne te sens pas capable de le faire ?

– J'en ai aucune idée…

– Tu pourrais demander de l'aide à un ami musicien. Et comme ça, tu serais vraiment sûre de chanter une chanson qui te représente réellement. Ce serait une vraie signature.

– Tu penses ?

– Tu ne perds rien à essayer, en tout cas.

– Ouais, t'as peut-être raison…

Émily réfléchit. Elle n'a jamais vraiment écrit quelque chose d'important. Elle a beaucoup écrit cet été alors que son cœur menaçait d'exploser sous le poids du chagrin, mais aucun de ces textes ne pourrait devenir une chanson. Peut-être ce poème où… Ouais, peut-être le poème… Où l'a-t-elle mis, au fait ?

– Je dois y aller, Câlin ! dit précipitamment Émily en empoignant son sac.

– Hé ! Tu viens d'arriver !

– Oui, mais j'ai quelque chose à faire TOUT DE SUITE.

– Tu n'as même pas regardé les grosses caisses dont je te parlais ! Je me suis dit qu'on pourrait en faire un décor pour la boutique, mais je…

– Bye, Câlin !

– Bye ???

Émily vole sur le trottoir. *Je pourrais peut-être demander à Breton-Cheveux ?* se dit-elle. *Il a semblé gêné du comportement de Jérémie.* Oui, elle va demander à Breton-Cheveux. Et ensemble, ils vont créer une chanson.

Une chanson digne de Nikki Pop.

Chapitre 20

Il y a encore des oiseaux
Encore
Pourtant le ciel m'ignore
Il fait beau
Cruel dehors
Parce que je suis pluie
Du sud au nord.
Il y a encore des vagues dans la mer
Encore
Pourtant l'océan colère
Quand je suis bateau
Et je navigue large
Sans escale, l'eau m'avale
Et les heures passent mais
Je crois l'espace attend
Il me parle tout bas
Et moi je l'entends,
Moi je l'entends.
Il y a encore de l'herbe et des arbres
Encore
Pourtant la terre remue
Quand je marche dessus

Elle secoue sa peau
Elle fait des remous
Et me jette, asphalte, à la rue.
Il y a encore la lune, pleine
Encore
Pourtant la nuit me dévore
Sans qu'elle intervienne
Et j'attends, immobile
Que tu reviennes
Que tu reviennes.

Émily

Chapitre 21

– C'est vraiment un texte supra méga excellent malade, Émily !

Francis Breton-Cheveux lui tend la feuille par-dessus les plateaux de cafétéria. Émily n'avait jamais remarqué que Breton-Cheveux était un GCS (genre cool style) !

– Je savais pas que tu écrivais ! C'est méga cool !

Oh oh, c'est confirmé. GCS-M (méga).

– Moi non plus, en fait, hé hé, répond Émily en sentant son nez devenir rouge comme une tomate. C'est un texte que j'ai écrit au début de l'été, quand... heu... ben, quand...

– C'est bon, t'as pas besoin de me dire, la coupe-t-il. J'ai deviné.

– OK. Merci. Hum. Bon. Mais j'ai jamais pensé à en faire une chanson. C'est mon oncle qui m'a donné l'idée de proposer quelque chose à Luc Trahan. Et je me suis souvenu de ce poème-là. Qu'est-ce que t'en penses, toi ?

– J'en pense que c'est une super giga idée.

Giga ? Combien de méga dans un giga ?

– La construction de ton texte ressemble à celle des chansons de Björk. Tu connais Björk ? C'est malade ! Tu as écrit un texte poétique, mais tu as déjà un genre de refrain qui pourrait servir pour relancer les couplets. Et...

– Oui, je m'en suis rendu compte.

– Tu as pensé à la musique ? Parce qu'il y a vraiment quelque chose à faire avec ça ! Un genre de « poum poum », et…

– Ben, c'est un peu pour ça que je voulais que tu le lises. Je me demandais si… ben, tu sais, heu… William m'a dit l'année dernière que tu composais parfois des chansons.

– Tu voudrais que je compose la musique ? demande-t-il en souriant.

– Ben ouais. Si tu en a envie. Ou le temps. Je prendrais aussi juste des conseils si tu préfères, ou…

– Carrément, que ça me tente ! l'interrompt-il, souriant toujours. Carrément, Nik !

– Ah oui ?

– Ton texte est super bon, dit-il en s'asseyant en face d'elle. Et tu me donnes l'opportunité de faire écouter quelque chose à Luc Trahan. Tu crois que je vais te dire non ? Je serais vraiment fou.

– Hé, j'ai pas dit que ça allait marcher ! Et en plus, je suis juste en contact avec son assistant, Truc-Machin-Bolduc. Je suis pas sûre que c'est vraiment…

– Non non, j'en suis, j'en suis !

– Hey ! Est-ce que tu coupes toujours les gens comme ça quand ils parlent ? demande Émily en riant.

– Ha ha ha ha ! Scuse. Je suis une boule de nerfs, je sais.

Francis Breton-Cheveux a vraiment l'air content. Si ce n'était sa tignasse coiffée en avant comme Justin Bieber, Émily le trouverait presque beau. Mais ce casque de cheveux, c'est tellement immonde qu'elle n'arrive pas à en faire abstraction. Un casque de cheveux ! Franchement !

Émily est néanmoins folle de joie. Non seulement elle a

trouvé quelqu'un pour faire la musique de sa chanson, mais c'est un musicien de troisième, en plus ! Et un musicien de son groupe ! Il y en a au moins un qui ne la trouve pas bébé. Sinon il aurait dit non.

– Tu me laisses le texte, alors ? demande Breton-Cheveux.

– Heu… pourquoi ?

– Ben, pour que je puisse travailler dessus ! Je vais l'accrocher au-dessus de mon bureau pour le voir pendant que je joue. Je vais prendre des notes et…

– Tu vas changer des mots ???

– NON. Mais, pour trouver la musique, j'ai besoin de faire un peu de recherche.

– Ah, ben oui, c'est vrai. Heu… c'est ma seule copie. Alors la perds pas, OK ? Et n'en parle pas aux autres, s'il te plaît. J'aimerais que ça reste entre nous. Mon amie Emma est au courant, mais c'est tout. Je voudrais pas que Jérémie…

– Non non, je lui dirai pas. T'inquiète.

– C'est parce que… tu as l'air vraiment excité par le projet, et…

– Non non. C'est bon, Nik, tu peux me faire confiance. J'ai juste tendance à m'emballer, c'est tout. Tu vas t'habituer si on travaille ensemble.

Francis Breton-Cheveux sourit. Puis il s'éloigne en pliant la feuille et en la glissant dans la poche de son pantalon, en mettant son doigt sur sa bouche. Il quitte la cafétéria en longeant les murs, les mains en forme de pistolet, comme un espion. Il est fou.

Émily pousse un long soupir de soulagement. Bon. Tout va peut-être s'arranger, après tout.

Elle court déposer son plateau avec les autres et se dirige

en trottinant vers la salle du cours d'éthique, le cours où elle doit prendre des notes sur Elton Chung.

La prof, Mme Ève Cloutier, est une pie qui ADORE parler de ce qu'elle appelle « les choses de la vie ». Il est donc facile de se concentrer sur autre chose pendant qu'elle raconte en détail sa vie de couple devant la classe.

Émily n'est pas très bien placée géographiquement pour voir Elton, puisqu'il est assis de biais par rapport à elle, mais, avec un peu d'exercice oculaire, elle parviendra sûrement à garder un œil sur lui sans trop loucher.

Elle n'a malheureusement pas le temps de s'asseoir à sa table que Mme Cloutier l'appelle.

– Émily ? fait-elle d'une voix douce.

– Oui ?

– Comment ça va ?

Il semble à Émily que sa voix est… trop douce.

– Heu… bien. Merci, madame Cloutier.

– Tu peux m'appeler Ève, tu sais.

– Ah, OK.

– Tu es sûre que ça va ?

Sa voix est vraiment trop, trop douce…

– Heu… ben oui !

– Tu sais, si jamais tu as envie de parler, je suis là.

Définitivement trop douce.

– Heu… oui… heu… merci. Je m'en souviendrai.

– Je suis sérieuse, hein ?

Peut-être avale-t-elle de l'assouplissant ? se demande Émily.

– Oui, oui, je sais.

– OK. J'aimerais que tu viennes me voir après le cours.

Ou mange-t-elle de l'angora ?

– Pourquoi ?

– Pourquoi pas ?

Poil angora !

– Ah. OK.

– Super !

Super ? NON. Pas super du tout. Qu'est-ce qui lui prend, à elle ? Peut-être qu'Émily est plus blanche que d'habitude et qu'elle a l'air malade…

OH… MON… DIEU !

Et si elle perdait connaissance devant toute la classe ? C'est vrai qu'elle se sent un peu bizarre…

Non, non, non, pas du tout ! Elle se sentait bien jusqu'à ce que Mme Cloutier – ÈVE –, vienne la voir.

Alors quoi ? Qu'est-ce qu'il y a ? Oh ! c'est peut-être à cause de tout ce qui est arrivé l'année dernière ? Elle a peut-être une page Facebook, elle aussi ? Et elle a lu tous les commentaires sur la soirée Amateurs ?

Une prof qui a une page Facebook ? Ben voyons. Ce serait tellement débilos. Ou alors, les profs ont une page Facebook avec des amis ADULTES. Pas avec des amis élèves. Sinon… ben, sinon, c'est étrange. Non ?

« Hé, je suis amie Facebook avec Mme Cloutier ! »

Non non. C'est n'importe quoi.

Émily sort son livre d'éthique en se sentant grimper à mille deux cents sur l'échelle de l'inquiétude. Est-elle en train de rater son année ? Voyons. L'année n'est pas commencée depuis suffisamment longtemps pour que les professeurs se mettent à parler de rattrapage.

Même si elle le voulait, Émily ne pourrait pas échouer au cours d'éthique. Ève Cloutier est tellement pro-estime de soi qu'elle trouve que tous les points de vue ont quelque chose de positif. Alors, peu importe ce que disent les élèves dans les débats, ils sont sûrs d'avoir un point.

Bon. Alors, c'est quoi, le problème?

Pour une fois qu'elle aurait voulu que le cours soit long, celui-là passe à la vitesse de la lumière. *Déjà? Déjà? Déjà?* se dit-elle en voyant les minutes filer sur l'horloge murale. Elle n'arrive même pas à suivre la discussion, tant elle est troublée par son futur entretien avec ÈVE après le cours. Elle en oublie même Chung.

– Et toi, Émily, qu'en penses-tu?

Oh, mon Dieu!

Toute la classe se retourne vers elle. Émily ne sait ABSOLUMENT pas de quoi parlait Mme Cloutier.

– Heu... j'ai du mal à me faire une opinion claire, répond-elle en regardant l'horloge et en priant pour que la cloche sonne.

SONNE, SONNE, SONNE!

Abandonnée par le gong.

C'est alors qu'Ève Cloutier hoche la tête avec compassion.

De la compassion? Mais pourquoi???

OH... MON... DIEU!

Se peut-il qu'il soit arrivé quelque chose à sa mère et que personne ne le lui ait encore dit? Il y a deux ans, il lui avait fallu la protection de la police pendant quelques mois à cause d'un procès. C'était plutôt cool d'avoir un garde du corps juste pour elle à l'école primaire.

Mais aujourd'hui, elle est plus vieille. Elle réalise davantage ce qui peut arriver. Et si sa mère avait été tuée et que la direction de l'école n'osait pas le lui dire avant la fin de la journée?

Émily regarde fixement les aiguilles de l'horloge.

Allez ! Avancez !

AVANCEZ ! Que le cours finisse !!!

Saletés d'aiguilles.

– Comme devoir, je vous demande donc de réfléchir sur le sujet. Vous allez m'écrire vingt lignes en lien avec la discussion que nous venons d'avoir. N'oubliez pas de privilégier une belle présentation. Des dessins, des collages… Je veux voir de la créativité dans votre journal de bord.

Bon. Émily n'a aucune idée du sujet du cours. Comment va-t-elle faire son devoir ?

« Ding-dang-dong-dung. »

ENFIN !

La cloche sonne. Bon, ce n'est pas vraiment une cloche, c'est plutôt une suite de quatre notes de clochettes préenregistrées.

– Bon après-midi, tout le monde ! lance Mme Cloutier avec beaucoup trop d'enthousiasme.

Émily réalise qu'elle déteste vraiment les bons sentiments de Mme Cloutier. Trop gentil, c'est comme pas assez. Non ? C'est vrai ! C'est vraiment énervant, quelqu'un de trop gentil. Ça tape sur les nerfs.

Émily est tout simplement paniquée à l'idée d'aller voir Mme Cloutier. Elle s'avance d'ailleurs vers elle en espérant qu'une énorme crevasse va s'ouvrir sous ses pieds avant qu'elle n'ait eu le temps d'atteindre son bureau.

Un tremblement de terre.

Une explosion.

Un petit vomi ?

Pitié…

Non. Elle l'a atteint. Rien n'est arrivé.

– Ah, Émily. Ça va pas fort, hein, ma cocotte ? dit Mme Cloutier en l'observant.

MA COCOTTE ?

Heu…

MA COCOTTE ???

– Est-ce qu'il est arrivé quelque chose à ma mère ? demande Émily d'une petite voix.

– Pourquoi tu me demandes ça ? répond Mme Cloutier en s'asseyant sur le bord du bureau et en plongeant ses yeux dans ceux d'Émily.

C'est tellement gênant qu'Émily ne se rappelle plus sa question.

– Heu… demande quoi ? dit-elle, confuse.

– Tu t'inquiètes pour ta mère ? poursuit Ève en la fixant de ses yeux perçants.

– Ben… oui. Il est arrivé quelque chose et vous voulez pas me le dire, c'est ça ?

– Qu'est-ce qui aurait pu lui arriver ?

Mme Cloutier est-elle en train de m'hypnotiser ?

– Je sais pas, fait Émily, de plus en plus paniquée.

– Est-ce que ça t'arrive souvent de penser qu'il pourrait t'arriver quelque chose ? Ou qu'il pourrait arriver quelque chose à ta mère ?

Oh, mon Dieu, je me fais hypnotiser !!!

– Ben… heu… oui… heu… non… heu… je sais pas…

– Il n'est rien arrivé à ta mère, Émily. Est-ce que tu dors bien ?

Oh, mon Dieu, est-ce qu'elle va m'endormir ?

– Heu… ben… genre, normal.

– Notre conversation te rend un peu nerveuse ?

Est-ce que je suis DÉJÀ endormie sans m'en rendre compte ???

– Ben, non… heu… oui, un peu.

– Pourquoi ?

Comment je fais pour savoir si je dors ?

– Ben, je sais pas.

– Tu ne sais pas ?

Je sais pas quoi ? Je suis tout embrouillée !

– Non.

– Tu n'as pas participé à la discussion aujourd'hui. C'est la première fois que tu ne dis rien. Le sujet t'a bouleversée ?

Au secours !

– Heu… hum, je… bafouille Émily en regardant par terre.

Aaaaaaah ! Les yeux par terre !!! C'est le truc ! Émily est enfin libérée du regard de Mme Cloutier. *SOU-LA-GE-MENT !!!* Elle a l'impression de s'être arrachée à des pouvoirs surnaturels. *Oh, mon Dieu, Mme Cloutier aurait-elle un don astral ?*

– Peut-être que tu préférerais m'en parler seule à seule dans mon bureau ?

OUAAAAAH, NON !!!!!!!!

– Heu… non, ça va.

Garde les yeux par terre, Émily !

– Tu es sûre ?

– OUI ! répond Émily en prenant soin de regarder les lattes du sol.

Tiens, elles ne sont pas toutes de la même longueur. Fascinant.

– Est-ce que je peux y aller ? demande Émily en gardant les yeux baissés. Je veux pas être en retard au prochain cours.

– Je peux faire un petit mot pour ton professeur.

– NON ! Non non. Je vais y aller.

– OK. Mais tu sais que tu peux venir me voir dans la salle des professeurs quand tu veux. Tu le sais, hein ?

– Oui. Merci, madame Cloutier.

– Ève. Tu peux m'appeler Ève.

– Oui, merci, Ève, dit Émily en ramassant son sac précipitamment.

Elle ne veut tellement pas replonger ses yeux dans ceux de l'hypnotiseuse-débilos-effrayante que son regard dévie sur le tableau noir derrière elle. Et le sujet y est inscrit en grosses lettres.

Le suicide.

Oh… mon… Dieu !

Chapitre 22

– Pourquoi elle pense que tu vas te suicider ? demande Emma en écarquillant les yeux.

– MAIS JE SAIS PAS DU TOUT !!! répond Émily. Tu penses qu'elle a un don ? Je suis SÛRE qu'elle essayait de m'hypnotiser !

Les deux filles sont assises sur le lit rond du solarium. Elles étaient convenues de se retrouver là après les cours pour parler du dossier Chung, mais Émily n'a malheureusement aucune information à donner à son amie.

– Ben quand même... répond Emma.

– Je te le DIS ! J'avais les yeux aimantés aux siens. J'étais perdue dans le bleu, comme si... Brrr. J'en ai la chair de poule. C'était vraiment super terrifiant. Elle a un pouvoir, un vrai.

– Ce serait une sorcière ? demande Emma avec espoir.

– Peut-être ?

– Ça existe pour de vrai, tu sais, des dons d'hypnose. Il y a même des gens qui font appel à des hypnotiseurs pour se faire soigner chez le dentiste sans anesthésie. Mais une sorcière hypnotiseuse dans l'école, ce serait vraiment tripant.

– Heu... non, pas tripant du tout !!! Elle est sur mon dos,

je te signale. Et j'ai pas besoin d'une sorcière qui m'hypnotise en plus de tous les problèmes que j'ai déjà.

– Sauf pour te rendre bonne en maths, rigole Emma. « Au réveil, vous comprendrez l'algèbre. Trois, deux, un. Réveillez-vous ! » Ha ha ha ha ha ha !

– Très drôle. Oh, mon Dieu ! Emma, je pense qu'elle essaie de me convaincre de me suicider !

– Ah oui ?

– OUI !!! Je me sentais tellement toute bizarre pendant qu'elle me parlait ! Je pense qu'elle aurait pu me faire dire n'importe quoi. Ou me faire FAIRE n'importe quoi. OOOOOOH, MOOOOON DIEUUUUUUU, Emma !!! Imagine que je me suicide sans m'en rendre compte ? En pleine nuit ? Téléguidée par Mme Cloutier ?!

– L'angoisse !

– Ouais.

Émily tripote son iPhone. Elle tape sur Google le mot « sorcière ». Plus de trois millions de liens sont proposés. *Pffff !*

– Bon, restons calmes. Il doit bien y avoir eu un déclencheur ! dit Emma.

– Un déclencheur ?

– Ben, pourquoi elle décide de t'hypnotiser maintenant ? Elle ne t'a jamais approchée depuis la rentrée.

– J'ai pensé qu'elle était peut-être sur Facebook, répond Émily. Et qu'elle aurait lu la page de Jérémie sur la soirée Amateurs. Peut-être qu'elle croit que je ne vais pas bien à cause de ça. Ou de mon chagrin d'amour pour William…

– Mouais. Mais Mme Cloutier serait amie Facebook avec Jérémie Granger ? Ou amie avec un de ses amis ? Ça me paraît improbable.

– Moi aussi, je pensais ça. Mais, là, je sais plus ! Attends, je regarde, fait Émily qui pianote sur son iPhone.

Emma en profite pour feuilleter son carnet Chung.

– Non, il n'y a aucune Ève Cloutier qui ressemble à Mme Cloutier sur Facebook, déclare Émily avec soulagement. Ou alors elle y est, mais elle est cachée sous un pseudo. Ça se peut, tu sais.

– Mouais.

L'iPhone d'Émily se met à sonner. Celle-ci se retourne vers Emma, paniquée, le téléphone dans les mains.

– OH, MON DIEU !!! C'est sûrement Mme Cloutier !!!

Elle jette alors un regard effaré vers l'écran et s'assoit sur le lit, soulagée.

– Non. Ouf ! c'est Cassos-Chouinard ! dit-elle en riant.

– Ah ? fait Emma qui semble feindre l'étonnement.

– Heu... Cassos-Chouinard ? répète Émily. Comment il a eu mon numéro, lui ?

– Heu... je sais pas, moi, répond Emma maladroitement.

– EMMA NOLIN !

– C'est pas ma faute !!! avoue-t-elle en joignant les mains. Il a trouvé ton numéro dans mes affaires !!!

– Il a fouillé dans tes affaires ?

Le sonnerie de l'iPhone résonne dans tout le solarium. Merde. Cassos-Chouinard !

– Qu'est-ce qu'on fait ? demande Émily.

– Réponds pas ! Il va peut-être laisser un message. Au moins, on aura pas besoin de lui parler.

– ON ?

– Ben, il voulait un numéro de téléphone où me joindre, mais moi, j'ai pas de portable, tu sais ? Alors je lui ai dit que j'en avais pas. Il a commencé par être super étonné. Comme si tous les ados de la terre avaient un iPhone !

– Ben, c'est un peu vrai.

– Franchement, Émily ! Je ne suis pas la seule à ne pas en avoir. Pense aux Africains d'Afrique !

– C'est vrai.

– Puis il m'a demandé ton numéro parce qu'on est toujours ensemble.

– Et ?

– Je lui ai dit NON ! Pour qui tu me prends ?! Je lui ai dit que je le connaissais pas par cœur. Mais pendant que j'étais aux toilettes, il a regardé dans mon agenda. Il a même dit : « Hé ! Tu l'avais noté ! Regarde, on a de la chance ! » Quel boulet !

– Pourquoi il voulait t'appeler ?

– Pour me parler de ses idées d'Expo-Sciences ! Il en a des nouvelles toutes les heures, je plaisante pas. Je sais plus quoi faire.

Émily et Emma regardent l'iPhone comme si c'était une bombe susceptible d'exploser à tout moment. La sonnerie s'est arrêtée, mais l'appareil indique qu'il y a un message.

– On l'écoute ? demande Emma.

– Oui ! répond Émily en montant le son sur l'appareil.

– Hé, salut, Émily, dit la voix de Cassos-Chouinard dans le téléphone. Ooouuuuu devrais-je dire Nikki Pop ? Hé hé hé hé. Hum. Bon, Emma m'a donné ton numéro de téléphone pour que je puisse lui parler, mais comme tu réponds pas, vous devez être occupées. C'est pas grave, je rappellerai. Bye !

– OH, MON DIEU ! s'exclame Émily en s'allongeant sur

son lit. Il pense vraiment qu'on est des siamoises collées par la tête. Tu lui as dit qu'on était deux corps séparés ?

– Il va se mettre à m'appeler tout le temps ! déplore Emma.

– M'appeler MOI, je te fais remarquer.

– Pour me parler de ses trucs chiants.

– Sur MON téléphone.

– Heureusement que ton écran affiche le nom de celui qui t'appelle !

– C'est une catastrophe, Emma ! Peut-être que je devrais changer de numéro ?

– Ben non, t'as qu'à ne pas répondre. Je pense qu'il finira par comprendre.

– Tu penses ?

– Est-ce que c'est cette tête-là que tu faisais devant Mme Cloutier, tout à l'heure ? lance Emma en riant. Parce que tu as vraiment l'air de quelqu'un de très, très déprimé.

– HA ! HA ! HA ! Très drôle, martèle Émily en fronçant les sourcils.

– Sérieux, c'est triste quand même, dit Emma. Pauvre Cassos-Chouinard. Je trouve qu'il fait un peu pitié.

– Ben, c'est une bonne nouvelle, ça, Emma. Tu viens de trouver ta motivation pour devenir son amie !

– Je trouve qu'il fait pitié, mais pas au point de vouloir être l'amie d'un mec qui veut faire un Expo-Sciences de jardinage.

Émily pouffe de rire. Personnellement, elle trouve l'idée de faire du jardinage intéressante. Mais c'est sûr que, pour une fille brillante en mathématiques comme Emma, ça doit être un peu décevant.

– Alors, qu'est-ce que je fais pour Hypno-Ève ?

– Ha ha ha ha ha ! Hypno-Ève !

– Ha ha ha ha ha ha.

– Ben, tu l'ignores. Avec un peu de chance, elle va t'oublier. Mais prends pas de risques, ne la regarde plus dans les yeux !

– Tu peux en être sûre.

Émily soupire et va lever le son de la musique. C'est *Just Can't Get Enough* des Black Eyed Peas, la chanson que le groupe de Jérémie veut qu'elle apprenne. Elle sourit en se disant qu'à la prochaine répétition elle reverra Breton-Cheveux. Qui sait, il aura peut-être une mélodie à lui proposer ?

Chapitre 23

– J'ai quelque chose pour toi, dit Maud en abordant Émily dans le couloir.

Elle a refait sa teinture, et cette fois, ses cheveux sont presque blancs. On dirait qu'elle a cent ans, mais avec un visage de quatorze. *Top bizarre!* songe Émily. *Mais au moins ses cheveux ne sont plus jaunes.*

Maud tire Émily dans un coin et ouvre son joli sac en cuir. Elle en sort un flacon de vernis rose brillant et un adorable ensemble pour manucure Burberry. Tous les petits outils sont en or. C'est ravissant.

– Je l'ai eu l'année dernière pour mon anniversaire, mais j'en ai déjà un d'une autre marque. Puisque tu as eu l'air d'aimer l'autre jour, je me suis dit que tu en ferais une meilleure utilisation que moi. Et puis, je t'ai apporté un flacon de vernis. Tu vas pouvoir t'y mettre rapidement.

– Waouh! s'exclame Émily, fascinée par la délicatesse des petits objets dorés. C'est super beau!

– Oui, je trouve aussi, répond Maud en secouant ses cheveux de mémé.

– Mais j'y connais rien! Je saurai pas quoi faire avec tous les petits bâtons, la petite lime et… tout le reste.

– Je vais te montrer, c'est pas difficile. Alors? Tu le veux?

– OUI !!! acquiesce Émily en souriant de toutes ses dents. C'est vraiment gentil !!!

– C'est un cadeau d'amitié.

– OK, fait Émily qui n'en croit pas ses yeux.

– Je te montre comment faire à la cafète, si tu veux.

– OK ! Cool !

– Cool. Je vais chercher mes affaires et je reviens, dit-elle en s'éloignant de son habituel pas félin.

Émily n'en revient pas. Non seulement Maud est devenue son amie, mais elle lui offre des cadeaux. Et pas n'importe lesquels. Cet ensemble est tout simplement irrésistible. Bon, elle ne sait pas encore à quoi il sert, mais elle va adorer, elle en est certaine.

C'est alors que Breton-Cheveux passe en trombe à côté d'elle. Il court tellement vite qu'on dirait presque que ses cheveux vont se retourner vers l'arrière comme des cheveux normaux. Mais non. Ils restent en avant. *Comment ça tient ?* se demande Émily. *Est-ce qu'il faut hypnotiser ses cheveux tous les matins ?* « Resteeeeez en avaaaaant… » ?

– Nik, on se voit tout à l'heure, avant la répète, OK ? J'ai une proposition de musique à te faire. Je pense que c'est pas mal. Viens un quart d'heure plus tôt.

Puis il repart. C'est vraiment une heure de déjeuner riche en rebondissements. Un peu plus, et Émily se croirait dans une publicité pour un parfum.

« Émily Cher. Quand on porte ce parfum, on devient populaire. »

Ha ha ha ha ha ha !

Elle se dirige vers la cafétéria en chantonnant, choisit le saumon poché et la salade de calmars, puis va rejoindre

Emma qui est déjà assise à « leur » table avec... oh non... Cassos-Chouinard.

Le parfum a ses limites, on dirait.

Pfff.

Emma a l'air complètement exténuée. Émily se demande depuis combien de temps elle doit écouter Cassos-Chouinard. Elle a été retenue à peine quelques minutes par Maud. Assez pour qu'Emma ait perdu au moins trois litres de sueur en écoute active.

– Hé ! Salut vous deux, dit Émily en déposant son plateau et en s'asseyant à côté d'Emma.

– SALUT ! répond celle-ci en lui faisant des gros yeux. T'ÉTAIS OÙ ?

– J'étais avec Maud dans le couloir. Elle m'a offert un super beau cadeau. Regarde.

– Un kit de manucure ? grince Emma en le prenant dans ses mains. Depuis quand tu fais attention à tes ongles, toi ?

– Heu... Ben, y a un début à tout !

– C'est ça, oui.

– Ma mère en a un aussi, déclare Cassos-Chouinard-Cauchemar en postillonnant environ le quart de sa bouchée. C'est super pratique pour couper les petites feuilles des plantes.

– Heu... le lien, s'il te plaît ? C'est pour les ongles, fait Émily.

– Je le sais. Mais ce que je te dis (*Berk, un postillon*), c'est que pour les plantes (*Berk, un autre postillon !*), les petits ciseaux sont parfaits (*Plein de postillons !!!*) parce qu'ils sont incurvés.

Emma a subrepticement poussé son assiette aussi loin

que possible de Cassos-Chouinard-Têtard et de ses gouttelettes dégoûtantes.

– Eh ben! Super! s'exclame Émily, sans savoir si la remarque était sérieuse ou non.

– Salut les filles, lance Maud en déposant à son tour son plateau sur la table.

Elle adresse un drôle de regard à Cassos-Chouinard, ce qu'Émily trouve un peu méchant. En même temps, elle doit avouer qu'elle est un peu gênée que Maud la voie en sa compagnie.

Emma écarquille les yeux, l'air de dire : « Quelle heure de déjeuner horribilis! »

– J'ai pris le saumon, moi aussi. J'adore le saumon, dit Maud.

– J'en ai déjà pêché avec mon père, intervient Cassos-Chouinard-Canard.

– Ah oui ? s'étonne Émily. Tu pêches, toi ?

– Oui. Le saumon, ça se prend à la mouche. Pas facile, mais super fun.

– Eh ben, lâche Maud, visiblement pas intéressée. Moi, je préfère le manger. Alors, Émily, comment vont les cours ?

– Ben, bien.

– À part le fait que Mme Cloutier est sur son dos, précise Emma.

– Mme Cloutier ? répète Maud en souriant mystérieusement.

– Oui ! répond Émily. Elle me harcèle pour savoir si j'ai envie de me suicider. C'est vraiment lourd.

– Ah bon ?! fait Maud, qui se penche rapidement sur son assiette.

– Mme Cloutier m'a déjà demandé si j'allais bien, dit

à son tour Cassos-Chouinard-Dépotoir. Elle trouvait que j'avais pas d'amis.

Oh… mon… Dieu!

Mme Cloutier pense que je suis une cassos!!! songe Émily, paniquée.

– Je la trouve gentille, ajoute-t-il.

– Elle t'a laissé tranquille au bout de combien de temps? demande Émily.

– Elle m'a parlé juste une fois. Elle m'a dit que la situation s'arrangerait. Elle avait raison, hein? Je suis en train de déjeuner à la même table que Maud Trahan, la plus belle fille de l'école. Ha ha ha ha ha!

Je veux mourir MAINTENANT, pense Émily. Mais Maud se contente de sourire.

Émily est mortifiée. Ce n'est pas très agréable de réaliser que Mme Cloutier la classe dans la même catégorie que Cassos-Chouinard-Réservoir. Elle remarque alors que Mélina et Juliette ont l'air fâchées que Maud ait préféré s'asseoir à sa table plutôt qu'à la leur.

– Comment vont les répétitions avec le groupe? lance Maud en picorant son saumon.

– Oh, c'est pas évident. Je sais pas trop ce qui se passe, Jérémie m'a presque engueulée à la première répète. Depuis, il est super agressif. Comme s'il me trouvait trop bébé.

– Oh, je sais. Il faisait ça avec moi aussi.

– C'est ce que j'ai pensé.

– Comment tu as réagi?

– Ben, j'ai fait semblant de rien. Je suis super discrète. Je fais ce qu'il me dit.

– Tu devrais pas, répond Maud. Plus tu vas être docile, plus il va être agressif.

– Ben voyons ! dit Emma.

– Crois-moi, Émily, insiste Maud comme si elle n'avait pas entendu Emma, je suis passée par là. Ce qu'il veut, au fond, c'est que tu t'impliques. Que tu prennes ta place dans le groupe. N'hésite pas à proposer des choses. Il va comprendre que t'es pas un bébé. Que tu es une vraie musicienne avec des idées.

– Tu penses ?

– J'en suis certaine.

– Comme ça, Maud, tu aimes les ongles ? demande Emma pour changer de sujet.

– Oui, je trouve ça féminin, des beaux ongles. À New York, il y a des boutiques où on peut se les faire graver. Ou faire mettre des petites pierres précieuses dessus. Cool, non ?

– Moi, je les ronge, mes ongles, déclare Cassos-Chouinard-Tamanoir.

Emma lève les yeux au ciel. C'est la pause déjeuner la plus débilos du monde entier.

– Tu veux que je t'explique à quoi servent les petits outils ? propose Maud en regardant Émily.

– Oui !

– Bon, alors, il y a tout d'abord les petits ciseaux incurvés.

– Gnégnégné, murmure Emma.

– C'est de ça dont je parlais tout à l'heure ! souligne Cassos-Chouinard-Grattoir en postillonnant la moitié de sa bouchée de gâteau. Ils sont incurvés, ce qui est pratique pour…

– Ils servent à couper tes ongles en leur donnant une belle forme ronde, l'interrompt Maud. Ensuite, tu as le repousseur de cuticules ici.

– De cutiquoi ?

– C’est une plante ? pouffe Emma.

– Non, je pense pas, répond Cassos-Chouinard-Canard le plus sérieusement du monde.

– De cuticules, répète Maud en soupirant. Ce sont les petites peaux qui se forment sur tes ongles.

– Ah ! OK.

– Gnégnégné, chuchote encore Emma.

– Tu les repousses comme ça, explique Maud en mimant le geste et en montrant en même temps la perfection de ses ongles vernis.

On dirait une hôtesse de jeu télévisé qui mouline des bras pour présenter la nouvelle voiture à gagner.

– Ah oui, fait Émily.

– Tu as aussi une petite pince à cuticules, poursuit Maud.

– Cule cule cule, chantonne Emma.

– Chut ! dit Émily en fronçant les sourcils.

– OK, OK, murmure Emma.

– Ensuite, tu as la petite lime pour la finition.

– Ah ! c’est fini ? demande Emma, faussement candide.

– Quand tes ongles poussent, il ne faut pas les couper mais bien les limer, continue Maud en ignorant Emma. C’est important de ne pas les couper dans les coins. Tu comprends ? Parce que sinon ils vont s’incarner. Et c’est très laid.

On dirait qu’Emma va s’endormir d’ennui, mais Émily est tellement contente d’être amie avec Maud qu’elle écoute attentivement tous ses conseils, jusqu’à ce que celle-ci déclare le cours de manucure terminé.

– Bon, dit-elle. Je pense que mes amies s’ennuient de moi ! Hi hi hi ! Je vais aller les rejoindre pour le dessert. Bonne journée, les filles !

– Bye ! Merci encore, hein ?

– Pas de quoi, Émily.

– Moi, je te dis, tu devrais t'en servir pour tes plantes, répète Cassos-Chouinard-Rasoir qui n'a heureusement plus de nourriture à cracher.

– OUI, ON A COMPRIS, SIMON.

– Je disais ça pour aider, c'est tout, marmonne-t-il en se levant et en prenant son plateau.

Il a une grosse tache de sauce tartare sur le col de sa chemise. Beurk.

– À plus tard ! lance-t-il avant de s'éloigner en leur adressant un clin d'œil complice.

Complice ? Hem.

« À plus tard » *? «* À jamais », *tu veux dire.*

Les deux filles se retrouvent enfin seules à leur table.

– Quel enfer ! dit Emma. Je suis vraiment coincée avec lui. Et si en plus il faut que je sois coincée avec Maud tous les midis, je veux des antidépresseurs. TOUT DE SUITE.

– Calme-toi, Emma.

– Je lui fais pas confiance, moi.

– À Simon-Cassos ?

– Non, à MAUD !

– Arrête ! Elle est super gentille cette année !

– Non, je te dis, il y a quelque chose qui cloche. Et puis, tu ne devrais pas suivre ses conseils pour les répétitions.

– Tu te méfies trop, Emma. Je vais rester moi-même, c'est tout. Si jamais ça se passe encore mal, je verrai.

– Fais attention, insiste Emma.

– T'es juste jalouse parce que je suis amie avec elle.

– RAPPORT ?! C'est toi qui es jalouse de mon Chung.

– Pffff.

Émily range le petit ensemble Burberry dans son sac et attaque son saumon.

– Relaxe, Emma. Je sais ce que je fais. Il est super bon, le saumon, non ?

– Tu savais qu'il existe onze sortes de saumon dans le monde ? demande Emma.

Tout est rentré dans l'ordre, se dit Émily.

Chapitre 24

– Bon, il faut que tu imagines ce que ça pourrait donner si c'est toi qui chantes ! explique Breton-Cheveux.

– Oui, oui !!!

– Parce que c'est pas pareil si c'est un mec qui chante. Et si en plus c'est moi, c'est encore moins bon parce que j'ai une voix normale. Enfin, pas « normale » dans le sens de « normale », mais dans le sens de « pas spéciale ». Tu vois...

– Allez !!!

Émily et Francis Breton sont seuls dans le local d'improvisation. Francis a apporté une guitare sèche, en plus de sa guitare basse qu'il a laissée dans son étui. Il est assis sur le petit banc et gratte quelques accords.

– Bon, voici ce que ça pourrait donner. Mais arrête-moi tout de suite si tu n'es pas d'accord. Sens-toi vraiment à l'aise de...

– Mais tu vas finir par chanter, oui ? demande Émily en lui donnant une petite tape sur le genou.

Francis Breton-Cheveux se met alors à jouer, puis commence à fredonner les paroles. Émily ne comprend pas pourquoi il était si réticent, car il a une jolie voix. Il n'a certes pas le timbre particulier de Jérémie, mais il a une voix juste. Pas étonnant que ce soit lui qui fasse la majorité des harmonies vocales dans le groupe.

Émily est émerveillée. Non seulement elle entend ses mots, ses mots à elle dans la bouche d'un garçon qu'elle ne connaît presque pas, mais en plus la chanson est vraiment COOL. C'est une vraie chanson. Une vraie !

– Alors ? demande Breton-Cheveux après avoir gratté le dernier accord.

– Heu… WAOUH ! lance Émily en éclatant de rire.

– Tu aimes ? T'es sûre ?

– J'ADORE ! dit Émily. C'est GÉNIAL !!! Comment tu as fait ça ?

– Ah, ben, en essayant plein de choses, répond Francis, visiblement soulagé. J'ai gratté par-ci par-là. J'ai essayé de trouver des accords cool.

– Oui, mais comment t'as trouvé la mélodie ?

– C'est difficile d'expliquer l'inspiration, Émily. C'est comme si je te demandais comment t'as fait pour écrire le texte.

– Ah ouais.

– Et là, tu entends juste la guitare. Moi, dans ma tête, j'entends plein d'autres choses. J'entends entre autres un beat. Il faudrait demander à Zach de faire quelques trucs avec une caisse claire. Ce serait giga cool. Et puis…

– NON ! Je t'ai dit, on en parle pas aux autres.

– Mais ce serait meilleur, Émily. Ce serait meilleur avec tout le groupe !!!

– NON, NON ET NON ! On garde ça juste pour nous deux ! Tu me l'as promis. Et de toute façon, le groupe pourra pas venir en studio ! Ce sera déjà difficile de les convaincre de changer de chanson, imagine si en plus on parle d'un groupe!! Non non. C'est bien juste comme ça. C'est parfait.

– Mais…

– Non! Hey! Si tu continues, je te pince.

– Ha ha ha ha ha! OK. OK.

– Refais-la! Je vais chanter avec toi, dit Émily en se mettant debout.

Breton-Cheveux plaque quelques accords et recommence à chanter, accompagné d'Émily. Le mélange de leurs deux voix est PARFAIT. Émily s'amuse à faire quelques variations et réalise que c'est la première fois qu'elle peut improviser avec un vrai chanteur. Un chanteur qui l'écoute. Et qui la suit.

Ils terminent la chanson en souriant.

– TROP COOL! s'exclame Émily.

– Ouais, c'était vraiment cool! ajoute Breton-Cheveux. Tu es forte en impro!

– Toi aussi!!!

– Oui, mais moi c'est normal, je suis habitué à faire des *backs*.

– Des quoi?

– Des *back vocals*. Des mélodies qui accompagnent le chanteur principal.

– Les harmonies, tu veux dire, fait Émily.

– Oui, c'est ça. Je suis le pro des harmonies, répond-il en riant.

– Moi aussi, j'adore ça. C'est même devenu un tic. Je ne peux pas m'empêcher d'en faire. J'en fais même sur mon réveil. C'est une vache qui meugle. Et moi, je meugle en harmonie dessus le matin. Ça donne: «Meuh meuh meuuuuuh meuh…»

– Hé! la coupe-t-il. On pourrait peut-être faire une chanson avec ça! Ce serait méga drôle! On pourrait créer une page YouTube pour toutes sortes de chansons bizarres comme ça! Je suis sûr que ça marcherait!

– C'est vrai que tu es un mec très enjoué, dit Émily, amusée.

– Scuse. Je m'emballe, là, hein?

– Un p'tit peu.

– Impose-toi dans le groupe pour faire des harmonies, en tout cas, lui conseille Breton-Cheveux. Jérémie a juste peur que tu te mettes à tout diriger. Il a entendu dire que tu voulais prendre sa place, alors il a peur de se faire détrôner. Fais pas attention. T'es vraiment douée.

– Il a entendu quoi?

Mais Émily n'a pas le temps d'entendre la réponse. Jérémie et Zachary entrent dans le local.

– Hé, Breton, tu as apporté ta sèche? demande Zachary en déposant son sac avant de s'asseoir sur un des bancs.

– Ouais, j'avais envie de gratter quelques accords en vous attendant, ment Francis.

– Je pensais que tu l'avais apportée pour que Nik puisse jouer, intervient Jérémie.

– Non non, fait Émily, mal à l'aise. Je sais pas jouer de la guitare.

– Hé, Breton, poursuit Jérémie, j'ai vu Rachel devant la porte principale. Je pense qu'elle t'attendait.

– Oh noooooon! s'écrie Breton-Cheveux avant de sortir précipitamment du local.

Les deux garçons éclatent de rire.

– Il va encore se faire engueuler, déclare Zachary en hochant la tête.

– Compte là-dessus, répond Jérémie.
– C'est qui, Rachel ? les interroge Émily.
– C'est sa copine, dit Zachary. Rachel Ifergan. Tu la connais pas ?
– Il sort avec Rachel Ifergan ? La fille de seconde ? fait Émily, impressionnée.
– Oui. Alors si tu pensais mettre le grappin sur Francis, oublie tout de suite, lance Jérémie sur un ton méchant.
– Hein ? Rapport ? demande Émily. On faisait que… heu… parler. On parlait, c'est tout.
– C'est ça, oui, ricane Jérémie.
– Ah, le charme de Breton, ironise Zachary. Ça doit être à cause de ses cheveux. Toutes les filles tripent sur cette coupe.
Justement pas, pense Émily.
Il ne manquerait plus que Jérémie croie à tort qu'elle drague son ami. Bonjour l'ambiance. Il faut régler ça.

Chapitre 25

De : Émily Faubert (emilfaubert@hotmail.com)
À : Alain Faubert (alain.faubert@yahoo.ca)
Objet : Aide !
Salut, Alain. J'ai écrit une chanson avec un ami. Tu crois que tu pourrais nous aider à l'enregistrer sur CD ? Ça ferait plus professionnel.
Merci !
Émily ☺

De : Alain Faubert (alain.faubert@yahoo.ca)
À : Émily Faubert (emilfaubert@hotmail.com)
Objet : RE : Aide !
Bien sûr que je vais vous aider !! C'est MON idée ! Ha ha ha !
Dis-moi quand vous pouvez passer à la maison.
Câlin
P-S : J'ai rasé ma barbe. J'ai décidé d'en vendre une partie dans la boutique en disant qu'elle vient d'Afghanistan. Qu'en penses-tu ?

Chapitre 26

– Très bien, Émily !

Mme Gentilly a l'air vraiment satisfaite. Il faut dire qu'Émily a chanté *La Pavane* tous les soirs pendant des heures pour tenter de calmer ses fous rires.

Émily : 1.

Angelette : 0

Elle espère maintenant qu'elle pourra de nouveau chanter en anglais. Bon, au pire, elle est prête à chanter en français moderne. C'est dire. Mais elle ne veut plus chanter des « antiquités ». *Pitié, plus d'antiquités !* Si Mme Gentilly lui propose une autre chanson de grand-mère, elle commande une amygdalite par correspondance.

– Je suis très contente, poursuit celle-ci.

C'est très étrange, car même lorsque Mme Gentilly est heureuse, son visage ne bouge presque pas. Elle a le même visage buté, qu'elle soit exaspérée ou joyeuse. Porte-t-elle un masque en peau ? *Heu… berk !*

– J'y ai pris goût, dit Émily en souriant. Maintenant que j'arrive à me contrôler, j'ai plus de plaisir à chanter cette chanson. Je la trouve belle, finalement.

Enfin, pas tant que ça, mais faisons plaisir à Grenouille-Gentilly.

– Quand on aime une chanson, c'est toujours plus facile. *Poil aux cils !*

– Bon. Nous allons passer à autre chose maintenant.

– Pitié, madame Gentilly. Plus de tartelettes. J'aimerais chanter quelque chose d'un peu plus… contemporain. Je comprends qu'il faut que j'aie une culture musicale. Mais est-ce que ça pourrait être juste UN PETIT PEU vieux ? Genre, quelque chose de votre enfance ?

Mme Gentilly regarde Émily sans parler pendant au moins une minute. Puis elle ÉCLATE DE RIRE !

Ses épaules tressautent, ses bijoux font « cliqueti-cliqueti » et Mme Gentilly, la grenouille taciturne, RIT. Elle s'essuie même les yeux avec la main. On dirait qu'elle ne peut plus s'arrêter.

Heu… J'appelle le SAMU ? Que doit-on faire dans un pareil cas ? Une couverture chauffante ? Un verre d'eau glacée ? Une attelle ? Son visage va-t-il tenir le coup ? Est-ce qu'il faut appeler les pompiers ?

– Qu'est-ce qui se passe ? demande Émily, troublée.

– Mais rien, *dear*, rien, dit Mme Gentilly entre deux soubresauts.

– Je savais pas que vous étiez capable de rire autant, fait encore Émily sur un ton grave.

Mme Gentilly a un nouveau sursaut de rire, alors qu'elle regarde Émily en hochant la tête.

– Je m'attendais à toutes sortes de réponses, mais celle-là est formidable. Tu es vraiment quelqu'un de spécial, Émily Faubert.

Et elle rit encore un bon coup.

Heu… Urgences psychiatriques ? Au feu ?

– Ben quoi ? J'ai juste…

– Mais oui, tu as raison. Mon enfance, c'est loin, déclare-t-elle en riant encore un peu. Ce que je veux que tu comprennes, Émily, c'est que tu ne chanteras pas toujours des chansons qui te plaisent. Il faut que tu apprennes à y insuffler un sens POUR TOI. Sinon tu n'auras pas de plaisir dans ce métier. Tu comprends ?

Oui, bien sûr qu'elle comprend. Justement, elle va peut-être chanter une chanson vide et sans substance pour Luc Trahan. Une chanson parfaitement débilos. Ça ne peut pas être pire. Mais Émily se retient de tout raconter à son professeur. Il faudrait alors qu'elle parle de sa chanson à elle, et elle n'en a pas envie. Pas encore.

– Je comprends.

– Bien, dit Mme Gentilly qui, comme par magie, est redevenue impassible.

On dirait presque un numéro d'Houdini dans un nuage de fumée. Pouf! elle rit. Pouf! elle est antipathique. Applaudissements.

– Tu es donc prête pour les lieder, poursuit-elle d'un ton glacial.

– Qu'est-ce que c'est ? demande Émily.

– Un lied est un poème mis en musique et chanté par un ou une soliste. On dit « lieder » au pluriel. C'est un mot allemand qui veut dire « chant ».

*NOOOOOOON, pas de l'allemand!!! L'ancien français, c'*était déjà le tunnel de la mort, mais l'*allemand!?!*

Je suis prête à... à... à prendre une bouchée dans l'assiette de Simon-Cassos! prie Émily. *Je suis prête à manger un de ses postillons! Heu... peut-être pas...*

– Eh oui, fait Mme Gentilly en voyant l'air découragé

d'Émily. On doit beaucoup aux Allemands en musique. C'est une partie importante de ta formation.

OK, je mangerai le postillon. Je le jure. Je le ferai. Je le ferai. Mais pas de l'allemand. Pitié. Dieu ? Tu m'entends ? Dieu ? Allah ? Bouddha ? Qui d'autre encore ? Heu… Gandhi ? Non. Saint Lin ?

– S'il vous plaît…

– On fait un lied, *dear*. Pas de discussion.

– Bon, dit Émily, résignée.

Je ne crois plus en saint Lin, songe-t-elle.

D'ailleurs, qui est saint Lin ?

– Et qu'est-ce que ce sera, cette fois ? continue-t-elle.

– *La Petite Rose de la lande*. Un lied de Schubert.

Bon, après l'angelette, voilà qu'elle va chanter la rosette. C'est ce qu'on appelle un revirement brutal.

– Je vois à ton visage que ça ne te dit rien de bon, pas vrai ?

– Ben, j'sais pas.

– Je vais d'abord te donner le texte en français. Pars avec, va le lire chez toi. Et on en reparle la semaine prochaine. D'accord ?

– Gnégné, grogne Émily.

Chapitre
27

– Waouh ! C'est vraiment excellent ! s'exclame Alain.

Émily et Francis viennent d'interpréter leur chanson pour la première fois devant lui et il lève les bras au ciel en disant des « waouh », des « génial » et des « je le savais ! ».

Oh… mon… Dieu !

Émily a déjà du mal à contrôler les élans d'enthousiasme de Breton-Cheveux, mais elle avait négligé le fait que son oncle est encore PLUS enjoué que lui. Les deux dans la même pièce, c'est tout simplement invivable.

– Vous aimez ? demande Breton-Cheveux. C'est cool, hein ? Mais je me suis dit qu'on pourrait vraiment ajouter beaucoup de choses, comme un beat de caisse claire. Des cuivres, ce serait bien aussi, ça donnerait du panache à la chanson. Ça la rendrait plus puissante.

– Oui ! Des cors, hein ? Moi, j'entends une espèce de « brouuuuum brouuuuuuum, tata brouuuum brouuuuuuum »…

Ça y est, ils sont partis, songe Émily avec un soupir.

Tata brouuuum brouuuuum !

(Nouveau soupir.)

Alain porte son célèbre boubou. Émily est un peu mal

à l'aise à l'idée que Breton-Cheveux fasse la connaissance de son oncle alors qu'il porte une robe. Même si c'est une robe pour hommes… À ses yeux, un homme en robe qui hurle des « tata brouuuuuum », ce n'est pas précisément le summum de la crédibilité.

– Ah, il y a vraiment quelque chose de super à faire avec ça, ajoute Alain. En fait, ils seraient fous de refuser cette chanson.

– Ben, c'est pour ça qu'on aimerait l'enregistrer, explique Émily. Et comme tu as un mini-studio…

– Oui oui, pas de problème. On va le faire tout de suite, dit Alain en se levant prestement, faisant voler son grand boubou autour de lui. Vous voulez que j'essaie de mettre des sons par-dessus ? J'ai une banque d'échantillons plutôt cool. Je pourrais mettre des hiboux pour le couplet qui parle de la lune.

– OUI ! répond Breton.

– NON ! fait Émily en même temps. Heu… poursuit-elle, pourrait-on garder ça simple ? Juste pour cette fois.

– Tu ne deviens pas fou à travailler avec une telle rabat-joie ? demande Alain à Breton-Cheveux.

– M'en parlez pas. « Fais pas ci, fais pas ça », rigole Francis.

– Oh, franchement ! proteste Émily. Rapport ? Je veux juste que ça aille vite. Il faut envoyer un enregistrement le plus rapidement possible à Truc-Bolduc !

– La voix de la raison, réplique Alain. Oublie jamais ça, Francis. Les filles, c'est la voix de la raison. Je suis sûr qu'au paradis terrestre Ève a dit à Adam : « Laisse cette pomme dans l'arbre, n'y touche pas ! » On nous a menti sur toute l'affaire.

– On sait pas du tout de quoi tu parles, Câlin, dit Émily. On n'étudie plus la Bible à l'école.

– Ah, c'est vrai. Une autre aberration du monde moderne.

– Vous êtes croyant ? l'interroge Breton.

– Pas du tout. Mais c'est beau, la Bible. C'est rempli d'histoires sanguinaires.

– Comme ça, vous êtes musicien aussi ? demande Breton-Cheveux pendant qu'Alain branche des fils sur la console.

Ouf, il ne parlera plus de la Bible, songe Émily avec soulagement. *Le boubou, c'est bien assez !*

– Oui, je l'ai été dans une autre vie, répond Alain. Et toi, tu veux aussi faire de la musique plus tard ?

– Oh non. Moi, c'est l'écologie qui m'intéresse.

– Hein ? s'étonne Émily.

– Ouais. Tu sais, les catastrophes climatiques, genre, tout ça. Ça m'intéresse. J'aimerais faire quelque chose dans le genre. Peut-être géologue ou autre chose. Genre. J'aimerais genre changer le monde.

– Ah ouais ? *Genre* ? lance Émily.

– Ouais, genre ? se moque Alain.

– Ben, genre géologue, quoi.

– C'est un beau projet, admet Alain en ajustant le micro qui servira à capter le son de la guitare.

– Je pensais que tu voulais faire de la musique, toi aussi, lance Émily.

– J'aime la musique, mais ça ne va pas me faire gagner ma vie. Je suis pas naïf à ce point-là. J'ai pas assez de talent. Pas comme toi, Nik.

– Tu sais pas… dit Émily. On sait jamais.

– Ah ça, c'est vrai, on sait jamais, répète Alain. Mais je trouve que géologue, c'est un beau métier aussi.

– Oui, approuve Francis en souriant.

Émily est surprise. Elle aurait cru que son ami souhaitait autant que Jérémie devenir musicien professionnel. Mais son rêve à lui, c'est de faire de l'écologie.

– Bon, tout est prêt, les enfants, on peut enregistrer quand vous voulez.

– Cool.

Émily et Francis s'installent devant leurs micros respectifs dans le minuscule salon d'Alain. Francis fait un test de son. Son accord résonne dans le haut-parleur mais s'affiche aussi sur l'écran sous forme de graphique.

– C'est DÉBILEMENT malade!!! crie-t-il en brandissant sa guitare qui accroche la console. Oups! Désolé. Hey, c'est vraiment professionnel. Votre son est super bon.

– Merci.

– Est-ce que je pourrai avoir une copie de cet enregistrement?

– Oui oui, je vais t'en faire une, répond Alain en riant. Mais arrête de casser mon matériel!

– INTERDICTION de la faire écouter aux autres, martèle Émily.

– Même pas à ma copine? C'est pour elle que je veux une copie. Je veux qu'elle entende ça, elle va adorer. Elle va y voir toutes sortes de significations qu'on aura pas vues, je vous le dis!

– Bon, OK, mais il faut pas qu'elle en parle, OK? Je veux pas que ça arrive aux oreilles des autres membres du groupe.

– Ben non! De toute façon, y a pas de danger, elle déteste les mecs du groupe, dit Francis en s'esclaffant.

– Ah, OK.

Voilà qui explique les commentaires désobligeants de

Jérémie et de Zachary à son égard. Jérémie n'aime pas être détesté. De personne.

– Tu te rends compte, Nik? souffle Breton-Cheveux à l'oreille d'Émily pendant qu'Alain tripote sa console. On va peut-être avoir un giga-gros hit dans nos sacs! On va être célèbres!

– Tu penses que ça va marcher à ce point-là? demande Émily.

– Grave, mec! Oups, scuse. J'arrête pas de dire « mec ». Je suis trop habitué à traîner avec des gars, rigole-t-il.

Émily est heureuse de se rapprocher de Francis Breton. C'est un drôle de garçon. Sensible, délicat. Exalté, c'est sûr, mais elle apprend à tempérer ses excès d'excitation.

Francis est fou amoureux de sa copine, ça se voit. Il est discret aussi. Il ne parle jamais de William, même s'il le connaissait bien. Elle se demande quelle était leur relation à tous les deux dans le groupe. William aimait-il Breton-Cheveux? Sûrement.

D'ailleurs, il est temps de cesser de l'appeler Breton-Cheveux.

– Francis, tes cheveux, là...

– Quoi?

– Ben, ils sont à l'origine d'un surnom.

– Ah bon? Donné par qui?

– Oh, juste par moi.

– Ah! fait Francis soulagé. Et c'est quoi, ce surnom?

– C'est Breton-Cheveux, avoue Émily en souriant. Mais je te promets que je t'appellerai plus comme ça, ajoute-t-elle rapidement.

– Ben oui, c'est quoi, ces cheveux? ajoute Alain.

– Hé, vous y mettez pas vous aussi. Tout le monde me soûle avec mes cheveux !!!

– Rachel n'aime pas non plus ?

– Rachel ? Elle ADORE. Non, je parle des mecs du groupe. Et de ma mère, dit-il en soupirant. Ma mère DÉTESTE mes cheveux.

Émily éclate de rire. C'est vrai. Même les mecs de troisième ont une mère…

Chapitre 28

De : Jean-Sébastien Bolduc
(jsbolduc@ trahanproductions.ca)
À : Émily Faubert (emilfaubert@hotmail.com)
Objet : Chanson
Bonjour Émily. J'ai bien reçu le CD que tu nous as fait parvenir avec l'extrait de ta chanson. Elle est très jolie. Cependant, nous allons nous en tenir à la chanson que nous avions choisie pour la démo. Nous nous voyons donc comme prévu la semaine prochaine en studio pour enregistrer *Vive les ballons*.
Cordialement,
Jean-Sébastien Bolduc

De : Émily Faubert (emilfaubert@hotmail.com)
À : Emma Nolin (emmanolin@hotmail.com), Alain Faubert (alain.faubert@yahoo.ca)
Objet : fwd : Chanson
Je SUIS DÉGOÛTÉE.

Chapitre 29

– Tu parles d'un boulet à piles ! fulmine Émily.

– Pourquoi « à piles » ? demande Emma.

– Pour pouvoir dire qu'en plus d'être un boulet, c'est un boulet dont la pile est à plat.

– J'avoue, c'est vraiment nul, dit Emma.

Les deux filles sont assises dans la salle d'études. Elles devaient comme d'habitude mettre à jour le carnet Chung, mais Émily est tellement découragée par le refus de Truc-Bolduc qu'elle est incapable de penser à autre chose.

– On a fait tout ça pour RIEN ! Tu te rends compte ?

– Ben non. T'as une démo. Tu pourrais l'envoyer à d'autres personnes influentes.

– Qui ?

– Je sais pas, moi. J'y connais rien. Mais je suis certaine qu'il doit exister d'autres alternatives pour te faire connaître. Tu pourrais peut-être l'envoyer aux radios ? Ou directement à Lady Gaga ! Elle a fait connaître une petite fille comme ça.

– Tu penses que ça marcherait avec une ado ?

– Peut-être ! Ou alors il faut faire un site Internet, tu sais ? Il y en a qui mettent leur musique sur le Web. C'est pas comme ça que Lily Allen s'est fait connaître ? Faudrait faire la même chose. T'es bien meilleure que Lily Allen…

– Mouais…

– Tu pourrais demander à… OH ! Il arrive. IL ARRIVE !!!

Emma pince le bras d'Émily. Elton Chung vient d'entrer dans la salle d'études comme prévu. Le plan consiste à envoyer Émily lui poser des questions sur sa famille, mine de rien, pendant qu'Emma fait semblant de faire ses devoirs.

– OK, tu te rappelles les questions ?

– Oui, Emma. Tu me les as même photocopiées. Et envoyées par mail. Et sur Facebook deux fois. Mais je continue à trouver que tes questions n'ont pas de rapport. On s'en fout, finalement, de savoir s'il a une sœur ou un frère gay ! C'est complètement ridicule.

– Non, on s'en fout pas !!! répond Emma avec énergie. Pour une fois que j'ai une piste ! Je veux TOUT savoir de lui !

– Oui, mais c'est une piste inintéressante, Emma ! C'est pas comme si on cherchait à connaître ses goûts musicaux, ou quelque chose qui a un RAPPORT !

– Je veux pouvoir écrire quelque chose dans mon carnet. Au moins une ligne ! J'ai rien écrit depuis des semaines !!! Le truc gay, c'est une PISTE. Je pourrais aller lui parler de ça après.

– Mouais…

– Arrête de discuter, vas-y !

Émily soupire. Elle attend que Chung se soit assis à sa table habituelle, puis se dirige vers lui.

– Salut Elton.

– Hé ! Salut Émily.

Elton lui fait son sourire métallisé. Il a encore son appareil dentaire cette année. *Le pauvre,* songe Émily. Ça doit être horribilis de porter des *bagues.*

Vive mes dents, se dit-elle encore.

– Je suis en train de faire mon travail de recherche pour le cours d'anglais, poursuit-elle, et j'ai décidé de la faire sur les frères et sœurs. Tu sais, la famille.

– Ah, OK.

Il lui adresse un autre sourire métallisé.

Est-ce que ça fait mal, des bagues?...

– Moi, je suis fille unique, j'en ai pas, de frère ou de sœur, reprend Émily. Alors je me suis dit que j'allais demander à d'autres, tu sais, des gens autour de moi, des amis, comme ça.

– Oui, c'est une bonne idée.

Nouveau sourire métallisé.

Comment ça tient sur les dents? C'est collé?

– Est-ce que tu veux bien répondre à mes questions?

– Oui, OK.

Le sourire métallisé est toujours là.

Et comment on les enlève? On les décolle? Brrr.

– OK, répète Émily en s'asseyant en face de lui et en ouvrant une pochette de feuilles volantes.

– Tu as déjà beaucoup de réponses? demande Chung.

– Heu... hein?

– Des réponses. Pour ton travail de recherche.

– Hum... heu... oui oui, pas mal.

– Et?

– Et quoi?

– Ben, qu'est-ce que ça donne? Est-ce qu'il y a beaucoup d'autres enfants uniques à part toi?

– Heu... ben... heu... hum, pas mal. Pas mal. Bon, on commence?

– Vas-y.

Émily voit du coin de l'œil Emma qui fait beaucoup trop d'efforts pour avoir l'air concentrée sur son devoir. Elle réfléchit le nez en l'air en se tapotant le menton avec l'index. TROP exagéré.

– Bon, toi, tu es fils unique ?

– Non, j'ai une sœur.

BINGO ! se dit Émily.

– Ah... heu... bien, bien, fait-elle en notant « sœur » sur sa feuille.

– Tu ne marques pas mon nom sur la feuille ?

– Heu... pourquoi ?

– Ben, pour te rappeler que ce sont mes réponses. Sinon tu vas mélanger toutes tes notes.

– Ah, ben oui, c'est vrai. Hin hin hin. E-L-T-O-N C-H-U-N-G. Voilà. OK. Alors, tu as une sœur.

– Oui.

– Plus vieille ?

– Oui.

RE BINGO !

– Et, hem... heu... est-ce qu'elle est mariée ?

– NON ! Ha ha ha ha ha !

OH ! OH ! OH !, Elton rit. C'est louche. Pourquoi rit-il ? Parce que le mariage de sa sœur lui semble impossible ? Raison de plus pour croire qu'elle est gay ! Heu... non. C'est vrai. Les gays peuvent se marier maintenant. Donc, si sa sœur était lesbienne, Elton ne rirait pas NÉCESSAIREMENT à cette question. Hum... *Alors, pourquoi il rit ?*

Mal de tête.

Émily lance un nouveau coup d'œil vers Emma pour lui faire un mini-rapport muet en mimiques diverses et en temps réel, mais celle-ci est en train de parler toute seule pour faire croire qu'elle lit ses notes à haute voix. Emma n'est décidément pas une bonne comédienne.

Émily voudrait lancer ses feuilles en l'air en disant: «Blague!», mais elle a promis à Emma de l'aider. Même si c'est, à son avis, complètement DÉBILOS.

– Hem, poursuit-elle. Et heu… toi, qu'est-ce que tu penses de ta sœur?

– Ma sœur? Eh ben, c'est quelqu'un avec qui j'aime rire des fois. Mais d'autres fois, elle est fatigante. Parce que… ben, c'est une fille. Tu sais? Je veux pas dire que vous êtes fatigantes, hein. C'est pas ça, c'est juste… une fille.

Elton est mal à l'aise. Bon. Il insiste pour dire que sa sœur est une fille. *J'avais compris*, pense Émily, les sourcils froncés. *C'est bizarre? Peut-être. Ou peut-être pas? Oh, mélasse! Comment ça se fait que quand on fait une enquête, tout semble bizarre? Même les choses qui, à la base, ne seraient pas bizarres dans une conversation normale semblent bizarres. Qu'est-ce qui est normal?*

Mal de tête intense.

– Ouais, une fille, répète Émily. Heu… j'imagine que c'est encore plus fatigant quand elles sont deux?

– Deux?

– Ben oui, tu sais, deux filles! Deux filles, c'est plus fatigant qu'une fille… heu… non?

– Hein? J'ai juste une sœur. Pas deux.

– Oui, mais tu sais, quand elle est avec… heu… une amie…?

Peut-être qu'Elton n'ose pas parler de l'homosexualité de sa sœur…

– Oh ben, quand j'étais plus petit, oui. Elle ramenait des amies à la maison. Mais j'étais petit. Je m'en rendais pas trop compte. Maintenant, elle habite plus chez nous. Elle a un appart.

– Avec qui ?

– Avec deux amies.

Elton a cessé de sourire. Émily peut donc arrêter de penser à ses bagues.

– Pourquoi tu me demandes ça ? fait-il. C'est vraiment pour ton travail ?

– Heu… oui. Hum. Je… J'explore l'univers familial. Pour savoir si… si… si…

– C'est bien étrange, ton travail !

– Ouais, hin hin hin.

– Moi, je pense que tu veux me poser une question mais que t'oses pas.

– Ah oui ? Ah bon ? Qu'est-ce qui te fait croire ça ? lance Émily qui sent de la sueur couler le long de sa colonne vertébrale jusque dans sa petite culotte. Full désagréable.

– Ben, tu dis que tu fais un travail sur les frères et sœurs. Mais moi, je pense…

– Hum. Tu penses… que… ?

De la sueur dans la culotte, c'est vraiment horribilis ! songe Émily.

– Eh bien, dit Chung en souriant (et en montrant ses bagues), je pense que tu fais un travail sur l'adoption !

– L'adoption ???

– Ben oui, c'est ça que tu veux savoir, hein ? Si je suis adopté ? demande-t-il encore en riant. Tu peux m'en parler franchement. Eh ben, NON, je ne suis pas adopté. Ma mère, mon père ET ma sœur sont coréens. On est tous coréens.

– Ah ! AAAAAh ! AAAAAAH, fait Émily en feignant d'être soulagée. Tous coréens ! Eh ben ! Hin hin hin. Ben oui, c'est vrai. J'osais pas te le demander. Hin hin hin. Oui, je fais mon travail sur l'adoption. Mais bon, tu l'es pas. Ah zut. ZUT! Hin hin hin. Bon ben, je vais aller demander à d'autres, alors. Hin hin hin.

– Demande à Coralee Bouchard. Elle, c'est sûrement une Chinoise adoptée. Je dis ça à cause du nom.

– Ah, OK. Ben merci, Elton. Et bonne étude!

– Salut.

Émily revient vers Emma avec la ferme intention de la mordre jusqu'au sang. Non seulement elle s'est complètement humiliée, mais en plus elle doit maintenant faire sa recherche en anglais sur l'adoption internationale pour ne pas perdre la face. Ce sera beaucoup plus difficile à faire. Et beaucoup plus looooong.

– Ça n'a pas marché! dit-elle en jetant sa pochette de feuilles sur la table. J'ai la confirmation qu'il a une grande sœur, mais je n'en sais pas plus. Il s'est douté de quelque chose et j'ai dû patiner comme le Roi Lion dans *Disney on Ice* pour m'en sortir.

– Il s'est douté de quelque chose? chuchote Emma, inquiète.

– Non non. Rien en rapport avec toi. Seulement, il pensait que je voulais lui poser des questions sur sa fausse adoption.

– Sa fausse adoption??? répète Emma, aux anges.

– Ouais. Il pensait que je pensais que… Bref, fait Émily en se massant le front, il n'est pas adopté. Tu peux donc noter OUI dans ton carnet à la question « grande sœur » et NON dans une nouvelle section « adoption ». Mais c'est tout.

– Il est pas adopté! s'exclame Emma, tout excitée.

– Non.

– YOUPI ! C'est une info de plus !!!

– Emma, franchement.

– On sait toujours pas si sa sœur est homo…

– NON. Oublie ça, Emma !!! Trouve d'autres pistes plus pertinentes ou au moins plus intéressantes ! J'sais pas, moi… « Aime-t-il les épinards ? » serait déjà mille fois plus cool. C'est dire.

– Ouais ! Je me demande s'il aime les épinards…

Émily lève les yeux au ciel. Simon Cassos-Chouinard s'avance vers elles en faisant un petit salut avec la main. *OH, MON DIEU !* Émily voudrait aller se coucher et se réveiller demain matin. Ou encore mieux, perdre connaissance. Tout de suite. Et revenir à elle dans le salon, chez elle, devant *Glee* à la télé.

Comment faire pour perdre connaissance sur demande ? En retenant sa respiration ? OUI !

Trois…

Deux…

Un…

Humph.

– Salut les filles, dit Cassos-Chouinard en postillonnant l'équivalent d'un litre de jus de pomme.

– Salut Simon, lance Emma.

– Gngngn, marmonne Émily.

Mais Simon passe devant elles et va s'asseoir seul à une table plus loin.

– Pfffffffffff, fait Émily en expirant. Hé ?! Qu'est-ce qui lui prend ?

– Je sais pas !!! répond Emma. Peut-être qu'il a compris

qu'on avait pas envie de traîner avec lui en dehors de nos rencontres d'Expo-Sciences.

– Oups. Peut-être.

– Ouais.

Émily et Emma commencent à ranger leurs affaires en silence. Sans se le dire, elles ont un peu honte. Si c'est vraiment pour ça que Simon-Cassos ne s'est pas assis avec elles, c'est un peu triste pour lui. Ont-elles été trop méchantes la dernière fois ? Émily sent le tournevis mini faire trois tours dans son ventre. Le tournevis de la culpabilité. Le culpabilivis.

– Je pense que je vais aller le voir, glisse-t-elle.

– OUI, MOI AUSSI, dit Emma en se levant précipitamment. Il me tape sur les nerfs, c'est épouvantable, mais en même temps il est pas méchant… Je me sens super mal, là.

Or, à peine arrivées devant lui, les deux amies regrettent leur geste en voyant le nombre de taches de sauce tomate sur sa manche. Il y a même un morceau de… de… pâte ? Séchée ! *Oh ! Berk !*

– Ne venez pas à ma table, s'il vous plaît ! implore soudain Cassos-Chouinard.

Quoi ? Simon-Cassos, le rejet les… REJETTE ?

– Heu… pourquoi ??? demande Émily d'un ton sec.

– Je veux pas qu'on ait l'air de sortir ensemble, plaide-t-il en regardant partout autour de lui.

– DE QUOI ?

– T'es pas au courant ?

– DE QUOI ? crie Émily.

– Il y a quelqu'un qui a écrit dans les toilettes des mecs qu'on sortait ensemble en cachette, répond Cassos-Chouinard.

– DE QUOI DE QUOI DE QUOI ???

– C'est écrit avec de l'encre rose sur le mur. Et moi, j'ai pas envie que les gens pensent que c'est vrai.

Émily a le souffle coupé. Elle ne parle pas pendant au moins deux grosses secondes et reste la bouche ouverte devant Simon Cassos-Chouinard, avant de HURLER :

– QUOI ???

– Tu savais pas ?

– Premièrement, C'EST QUOI, CETTE HISTOIRE ? Et deuxièmement, Simon Chouinard, tu devrais être fier que quelqu'un pense que t'as une copine ! Et que cette supposée copine, ce soit moi !

– Pourquoi ? J'ai l'air de quelqu'un qui peut pas avoir de copine ? demande-t-il avec inquiétude.

– OUI ! répond Émily, enragée, avant de voir le regard de Simon-Cassos devenir celui de Bambi devant une voiture qui roule à cent quarante kilomètres à l'heure.

– Je... je... je... je... poursuit-elle plus doucement. Non... heu... c'est pas ce que je voulais dire, Simon. Je suis énervée, là, mais... Qui a écrit ça ???

– Je sais pas ! fait-il d'un ton mal assuré en regardant encore une fois partout dans la salle. S'il vous plaît, retournez à votre table, OK ? La vérité, c'est que je flashe sur une fille et que je veux pas qu'elle pense que je sors avec toi !!!

Emma lève les yeux au ciel. Émily inspire longuement, tourne le dos à Simon-Cassos et se dirige vers la porte de la salle d'études. Elle est catastrophée. C'est une catastrophe catastrophique.

– Il a flashé sur une fille, tu te rends compte ? dit Emma qui a suivi Émily.

– Je pensais que ma vie était finie, grommelle Émily.

Mais je pensais pas qu'en plus le nom de Simon Cassos-Chouinard allait être écrit à côté du mien sur ma tombe.

– C'est ce qui arrive quand on veut être gentil, déclare Emma en souriant. On a voulu aller le voir pour ne pas qu'il se sente seul, et il nous chasse. Eh ben ! Tu connais le proverbe ? « Si tu nourris un cochon, il viendra faire caca sur ton perron. » Ha ha ha ha ha !

– C'est un proverbe coréen ?

– Non. Rapport ?

– Je me demande bien qui a écrit ça !

– Le proverbe ?

– NON ! Le graffiti. Le graffiti qui dit que je sors avec Simon. Reste concentrée, Emma !

– La question, c'est surtout « pourquoi ? ». Pourquoi avoir écrit ça ?

– En tout cas, c'est un garçon, puisque c'est dans leurs toilettes.

– Jérémie, peut-être ?

– Pour se venger ?

– Hum...

– Ouais...

– C'est vraiment musti boa, en tout cas, dit Emma.

– Ouais.

Émily réalise que tous les mecs de l'école vont maintenant penser qu'elle sort avec Simon Cassos-Chouinard-Désespoir.

Oh... mon... Dieu !

Chapitre 30

– Bonjour, Émily. Bienvenue dans nos studios. C'est la première fois que tu viens ?

– Oui, répond Émily timidement.

La dame qui l'accueille est énorme. Plus qu'énorme. Émily n'a jamais vu une femme aussi grosse, même à la télé. Il lui faudrait presque un petit chariot pour avancer. Ce qui est pourtant frappant, c'est que son visage est celui d'un mannequin L'Oréal. On dirait une blague de Mère Nature.

La dame ne lui offre pas de jus de raisin. Et, surtout, elle semble la traiter comme une professionnelle. Il faut dire qu'elle est venue sans sa mère, cette fois.

– Je m'appelle Lune, se présente la grosse dame en souriant.

Heu… quoi ? se dit Émily. *Lune ? Qu'est-ce que c'est que ce nom débilos ? Marie-Lune, c'est joli. Mais Lune ? Juste Lune ? Et… heu… pour une femme ronde, il me semble que Lune est un peu…*

– Je suis l'assistante de M. Bolduc, poursuit Lune. (*Lune !*) Nous allons travailler ensemble sur ta démo.

Émily n'est absolument pas sûre d'avoir bien compris le prénom de la lune qui se trouve devant elle, ni le fonctionnement de toute l'affaire. Elle croyait qu'elle allait travailler avec Truc-Bolduc. Et voilà qu'elle se retrouve en face d'une femme-boule qui porte un nom d'astre et dont on ne lui a jamais parlé. L'assistante de l'assistant? Quand va-t-elle ENFIN rencontrer Luc Trahan ???

– Est-ce que tu veux boire quelque chose?

Ça y est. C'est le moment du jus de raisin…

Ah, tiens, non. Elle ne parle pas de jus.

– Non, merci.

– Attends-moi ici, je reviens te chercher dans quelques minutes, OK?

– OK.

Émily se retrouve seule, assise dans le hall en compagnie de la réceptionniste qui semble aussi sympathique qu'un coin de mur. Elle se dirige donc vers la fontaine à eau pour en prendre un verre, puis laisse son regard traîner sur les photos dédicacées et les disques d'or et de platine de plusieurs chanteurs et chanteuses célèbres, exposés devant elle.

Émily ne savait pas que tous ces musiciens avaient travaillé avec Luc Trahan. Elle en reconnaît plusieurs qu'elle aime bien. Elle pose alors son regard sur le cadre contenant les multiples disques de platine de Lola Smith.

Lola Smith… *Qui ne connaît pas Lola Smith, de nos jours? Même les Coréens en Corée la connaissent*, pense Émily. *Ça doit être tellement étrange d'être célèbre jusqu'en Corée. Doit-on signer des autographes en coréen? Hum.*

– Elle aussi était une adolescente inquiète comme toi, au début, dit Lune qui a réussi à se glisser dans le hall sans faire tomber tous les cadres et qui a suivi le regard d'Émily.

– Ah oui? répond cette dernière. C'est difficile à imaginer.

– Et pourtant, c'est vrai. Je me souviens d'elle. Elle avait treize ans.

– Ah oui ?

– Oui. Elle était ici avec sa mère. Elle avait l'air complètement perdue.

Émily sourit. Lola Smith avait peut-être bu un verre de jus.

– Émily, tu connais déjà Martin Peters, l'auteur-compositeur ? demande Lune en présentant l'homme qui se tient à son côté.

Bien sûr qu'elle le connaît. C'est le vieux dinosaure herbivore qui a écrit la chanson STUPIDE qu'elle s'apprête à enregistrer : *Vive les ballons*. Elle l'a rencontré dans le bureau de Truc-Bolduc il y a quelques semaines.

– Bonjour Émily, lance le dinosaure. Tu vas bien ?

– Ouais.

Elle lui adresse un sourire forcé.

– J'ai hâte de t'entendre chanter, fait Dino.

– Ouais.

Nouveau sourire, TRÈS forcé.

– On va se diriger vers le studio, dit Lune. Jean-Sébastien et l'équipe nous attendent là-bas.

– OK.

L'étonnant trio (une boule, un dino et une ado) longe un étrange couloir couleur caca de mouette et atteint une aile du bâtiment qui provoque chez Émily une drôle de sensation. Elle a l'impression que ses oreilles viennent de se boucher d'un coup, comme si tous les sons étaient soudainement étouffés. On dirait qu'elle est sur la Lune. Un peu plus et elle se mettrait à faire des bonds en apesanteur au lieu de faire des pas.

Boing.
Boing.
Boing.
Est-ce que Lune se sent, elle aussi, sur la Lune ? Mouaha ha.
Elle remarque également plusieurs lourdes portes au-dessus desquelles se trouve un voyant lumineux vert ou rouge.
– Tu vois, explique Lune, lorsque la lumière est rouge, c'est qu'un enregistrement est en cours. Si c'est vert, c'est qu'on peut entrer.
– Ah.
Comme des feux de signalisation, se dit Émily.
– Et ici, c'est ton studio. Comment tu le trouves ?
– Cool.
Il faudrait qu'Émily dise autre chose que « OK » et « cool », mais elle est tellement sur les nerfs qu'elle ne se rappelle plus aucun mot intelligent.
Heu… exceptionnel ! Formidable ! Stupéfiant ! Épatant ! Renversant ! Au pire : super !
Lune entre dans le studio suivie d'Émily et sourit à tout le monde en lançant un « hello ! » tonitruant.
– Voici Émily, notre nouvelle recrue, dit-elle.
Tous les gens présents se lèvent et viennent lui serrer la main. Truc-Bolduc fait partie du lot. Il n'a pas de grain entre les dents. Ouf. Il a peut-être sauté le déjeuner ? Ou alors, il a pris quelque chose sans poivre ?
Le studio sent le cirage. Et Émily a toujours l'impression d'avoir les deux oreilles bouchées. L'air semble épais comme du plastique autour d'elle et les murs sont recouverts de tissu. On dirait qu'ils sont rembourrés comme des divans. Des murs-divans ?

– Ça va ? demande Lune.

– Je me sens comme le jambon dans un sandwich de tapis, répond Émily.

Lune éclate d'un rire sonore qui fait sursauter Émily à tel point qu'elle en attrape le hoquet. Mme Gentilly ADORERAIT la caisse de résonance de Lune. Tous les gens présents éclatent de rire à leur tour.

– Bienvenue dans un studio ! lance Lune. Le tapis, comme tu dis, c'est pour favoriser la prise de son.

– Ah. Hic.

– Je te présente Marc. Et voici Jeff. Ce sont eux qui seront à la console de son pendant l'enregistrement, poursuit Lune.

– Salut Marc. Hic. Et salut Jeff.

Saleté de hoquet !

Encore heureux qu'ils ne s'appellent pas Saturne et Soleil !

Émily sent son nez rougir. Tous ces gens sont ici pour elle ? Waouh. *Et si je n'étais pas à la hauteur ?* se demande-t-elle soudain avec angoisse. C'est vrai ! Elle n'a jamais enregistré dans un studio. Elle ne sait absolument pas quoi faire. Doit-elle parler ? Rire ? Dire quelque chose ? Genre « merci à vous, mes amis, c'est stupéfiant, mais allons-y » ?

Lune lui demande une seconde fois si elle a besoin de quelque chose. Non. Émily veut seulement arrêter d'avoir le hoquet.

Avez-vous déjà essayé d'arrêter votre propre hoquet ? IM-POS-SI-BLE. Plus on essaie d'arrêter, plus il prend de l'ampleur. Au comble de l'horreur, Émily réalise qu'une de ses paupières commence aussi à tressauter.

Oh... mon... Dieu !

Que va-t-elle faire ? On ne peut pas enregistrer une chanson avec un hoquet et une paupière qui tressaute. En fait, elle est maintenant TERRIFIÉE. À quoi servent tous ces fils? Tous ces boutons? On dirait le tableau de bord d'une fusée du futur.

Oh... mon... Dieu!

Devant la console principale, Émily vient de repérer une grande fenêtre qui permet de voir un deuxième local. Elle y aperçoit un micro sur pied devant lequel est placé un étrange rond fait d'un bas nylon. Elle voit un casque audio accroché sur le trépied. C'est vraiment comme dans les films.

Oh mon Dieu! oh mon Dieu! oh mon Dieu! j'hallucine, se dit-elle. *Je vais me réveiller. Je vais me réveiller. Meuh! Meuh! Meuuuuuh?*

– Bon... fait Marc.

Ou est-ce Jeff? Émily ne s'en souvient pas, elle est trop impressionnée.

Crotte de bique! Jeff ou Marc? Jeff ou Marc? Jeff ou Marc?

– ... On va commencer par des tests de son, d'accord? Tu vas pouvoir te chauffer un peu la voix.

– Ah... heu... hic. OK.

Jeff ou Marc? Jeff ou Marc?

– Viens, allons de l'autre côté, je vais te montrer.

Émily, son hoquet et sa paupière sauteuse suivent Jeff-Marc jusqu'au studio où se trouve le micro sur pied. Le technicien lui pose le casque d'écoute sur la tête et retourne de l'autre côté avant de fermer la porte.

Quoi! Quoi? On me laisse toute seule de ce côté?

– Heu... qu'est-ce que je fais? demande Émily.

Personne ne répond. Jeff-Marc parle dans un petit micro au-dessus de la console en la regardant par la grande vitre, mais Émily n'entend rien. Le casque est trop grand, on dirait qu'il va tomber vers la gauche. Vers la droite. Vers la gauche. Vers la d…

Il va tomber. Point.

– J'ENTENDS RIEN ! hurle-t-elle en faisant de grands gestes.

Elle voit alors tout le monde rire dans le studio. Lune s'assoit sur une petite chaise qui menace de s'écrouler sous son poids. Jeff-Marc secoue la tête et revient de son côté.

– J'avais pas vraiment compris que c'était ta première fois, s'excuse-t-il. Tu sais, de l'autre côté, on t'entend très bien. Ta voix nous parvient dans des haut-parleurs. Si tu cries, on a les oreilles qui frisent.

– Oh ! Oups. Pardon, dit Émily, mortifiée.

– Il faut que tu mettes les écouteurs pour pouvoir m'entendre quand je m'adresse à toi dans mon micro. Sinon tu n'entendras rien. C'est insonorisé, ici.

– C'est pour ça que j'ai l'impression d'avoir les oreilles bouchées ?

– Hein ? Ah, je sais pas. Mais ajuste tes écouteurs. Ils sont trop grands. Attends, je vais t'aider.

Émily comprend qu'on peut ajuster le casque en tirant sur les languettes de chaque côté. Elle se retrouve bientôt avec un casque à sa taille, mais néanmoins immense. Elle a l'impression d'avoir trois têtes : la sienne, plus les deux autres, qui lui servent d'oreilles de chaque côté. Pas de doute, si elle tombe dans une piscine, elle coule.

Pourtant, c'est un casque audio de qualité, puisqu'il coupe vraiment le son extérieur. Avec, elle se sent vraiment sur la Lune.

Allô, allô la Terre, se dit Émily en ravalant un rire. *Je suis dans l'espaaaaaace. Je flooooootte. Waouuuuh.* En fait, à bien y penser, Émily se sent surtout comme si elle était sous l'eau, très très profond dans la mer.

Est-ce que les astronautes se sentent comme ça, eux aussi ? Dans la mer de l'espace ?

Émily n'a pas le temps de réfléchir davantage à sa drôle de métaphore. Elle entend soudain la voix de Jeff-Marc dans ses oreilles.

– Coucou, Émily.

– AAAAAAH ! crie-t-elle en sursautant.

– Hé hé. Je t'ai fait peur ?

– Heu… ouais.

Waouh ! Elle entend sa propre voix dans ses écouteurs. Top cool.

Elle prend une grande respiration. Hé ! elle n'a plus le hoquet ! Depuis quand ne l'a-t-elle plus ?

– Est-ce que tu peux parler un peu ? On va balancer ta voix.

– Parler ?

– Oui.

– Pour dire quoi ?

– Continue, n'importe quoi.

– Heu… ben… heu… bonjour. Je m'appelle Émily Faubert. *(Oh, mon Dieu, c'est tellement débile !)* Je suis en cinquième. *(Encore plus débile, trouve autre chose à dire, vite !)* J'ai une amie qui s'appelle Emma. *(Au secours !)* Heu… heu… quelqu'un a écrit dans les toilettes que je sortais avec Simon Chouinard. *(AU SECOURS !!)* Et… heu… *(Il faut que je trouve quelque chose d'intelligent à dire tout de suite !)* j'ai une paupière qui saute. *(Non, pas ça !)* Je trouve qu'avoir des écouteurs est…

– OK, merci. On aurait besoin que tu chantes, maintenant.

OH… MON… DIEU!

Émily vient de réaliser qu'elle va devoir chanter la chanson COMME ÇA : c'est-à-dire avec un casque de la taille de Lune. Et avec l'impression d'être sous l'eau. Qui peut chanter sous l'eau ? « Glub glob glub. »

– Ah OK. Heu… je dois chanter la chanson qu'on va enregistrer ?

– Oui, si possible.

– OK.

Émily chante le premier couplet de la chanson idiote du vieux dinosaure qu'elle voit assis devant elle, derrière la vitre. Il sourit béatement.

Oh, mon Dieu! Elle espère qu'elle ne fait pas de fausses notes. C'est tellement bizarre de s'entendre comme ça.

Elle chante alors le deuxième couplet. Apprendre par cœur cette chanson a été facile. *Les paroles sont tellement CUCUL que même Téo, le petit frère de deux ans d'Emma, aurait pu les apprendre en cinq minutes. Tiens, il aurait pu venir l'enregistrer lui-même…*

Ah, non. Il aurait été écrabouillé sous le casque.

– OK, merci. On va t'envoyer la musique. Tu peux chanter encore, s'il te plaît ?

– OK.

Émily entend l'introduction de l'orchestration qu'elle a reçue sur CD il y a quelques semaines. *Même l'orchestration est sirupeuse. Beurk. On dirait de la musique d'ascenseur. Ou celle qui passe toujours dans les toilettes du McDo.*

Elle commence à chanter sur la musique, mais remarque

rapidement que personne ne semble l'écouter de l'autre côté. Elle arrête donc de chanter.

– Tu peux continuer, s'il te plaît ? entend-elle dans ses oreilles de cosmonaute.

– Ah oui, OK.

Elle continue de chanter mais, encore une fois, elle voit tout le monde se parler et bouger de l'autre côté. *Non mais hey ! Qu'est-ce qui se passe ? Pourquoi je chante si personne ne m'*écoute ?

Marc-Jeff touche plusieurs boutons sur la console. Parfois elle entend sa propre voix, parfois elle ne l'entend plus. Parfois la musique est assourdissante, parfois non. Elle a l'impression d'être ridicule. *Mais qu'est-ce qui se passe ?*

Soudain, la musique s'arrête et elle n'entend plus que sa propre voix *a capella*. Elle se tait immédiatement.

– Non, non, continue !

Ben ?!

Émily continue donc sa chanson. Jusqu'à ce que la musique reprenne. Il y a un petit délai au début, mais bon. Enfin, la voix de Jeff-Marc revient :

– Est-ce que tu t'entends bien quand tu chantes ?

– Heu… vous voulez dire : dans les écouteurs ?

– Oui ?

– Oui, je m'entends, mais c'est étrange comme sensation. Est-ce que je chante faux ?

– Je pense pas. Mais l'important, c'est que tu t'entendes. Si tu trouves que la musique est trop forte, il faut me le dire.

– Non non, ça va. Mais j'ai peur de chanter faux.

– C'est pas un problème, ça. Ça se corrige après sur ordinateur.

Hein ?

– OK, on va en faire un premier, poursuit Jeff-Marc. Tu es prête ?

– Heu… oui. Je pense.

Truc-Bolduc s'approche du micro à son tour.

– Émily ? Pour le moment, on va enregistrer plusieurs fois la chanson en entier pour que tu t'habitues. Tu peux essayer des choses. T'amuser. OK ?

M'amuser ? se dit Émily. *Pas gagné. Comment pourrais-je m'amuser avec trois tonnes de métal sur la tête et les oreilles bouchées ?*

– OK, répond-elle néanmoins.

– OK, on y va.

Chapitre 31

Émily est assise sur un des tabourets du studio, du côté de la console. Elle s'est écroulée là après avoir chanté environ trois cent cinquante-huit fois la chanson. Elle a les jambes en coton, son dos lui fait mal, son cou la pique, son nez est recouvert de plaques, elle a chaud, elle est fatiguée, elle veut que ça finisse.

– Essaie une boucle ici, dit Marc à Jeff (ou vice versa) devant la console.

Émily bâille et se frotte les cuisses avec les mains. Elle ne pensait pas que ce serait aussi long. Mais pourquoi faut-il refaire la chanson aussi souvent ? Elle l'a chantée dans tous les sens. Elle a changé de tessiture, elle a fait des choubidous, et ensuite pas de choubidous. Elle en a MARRE.

Finalement, être en studio n'est pas aussi exaltant qu'elle croyait.

– Dites, est-ce qu'Émily peut faire une pause ? demande Lune, toujours assise de côté sur la petite chaise qui résiste encore et toujours à l'envahisseur, près de la porte.

– Oui oui. Prenez un quart d'heure.

– Viens, on va aller faire un tour, dit Lune en levant une main de la taille d'un jambon.

Émily a envie de l'embrasser sur les deux joues. Enfin !

Sortir de ce cube de tapis et voir un peu la lumière du jour ! Elle donnerait son iPad pour pouvoir contempler une fenêtre.

Lune l'entraîne jusqu'à la cafétéria du studio en soufflant aussi fort qu'un coureur de marathon. Arrivée à destination, elle est couverte de sueur.

– Ah ! Enfin des chaises sur lesquelles je peux poser mes deux fesses ! dit-elle en soupirant.

– Ha ha ha ha ha ! Oups, scusez.

– Non non, tu peux rire. Je n'essaie de faire croire à personne que je suis Victoria Beckham !

Émily est gênée. Elle s'assoit en face de Lune en silence.

– Tu ne t'attendais pas à ce que ce soit si long, hein ? lance Lune en souriant, ce qui rappelle à Émily à quel point elle a un visage parfait.

Peut-on être mannequin du visage ?

– Non, pas vraiment, fait Émily.

– On ne fait que commencer, ma petite.

– HEIN ?

– Eh oui. Tu es satisfaite de ce que ça rend, toi ? Ben, moi non plus. Alors, ça va être long.

OH... MON... DIEU !

C'est vrai. Il reste deux autres jours. Mais qu'est-ce qu'il reste tant à faire ? Elle va encore chanter trois cent cinquante-huit fois la même chanson idiote pendant deux jours ?

– Pourquoi c'est si long ? demande Émily, découragée.

– Parce que c'est important d'avoir une bonne version, répond Lune en se massant les reins.

– Qu'est-ce qu'il reste à faire ?

– Eh bien, les *backs*, par exemple.

Émily remercie en silence Francis Breton de lui avoir

appris la signification du terme *back vocals*. Eh bien, s'il reste à faire des harmonies, au moins Émily aura un peu de plaisir. Elle aime tellement faire des harmonies ! Et puis, ça enrichira sûrement la chanson.

Pas difficile d'enrichir cette chanson ! *Vive les ballons, choubidouhoua.*

En fait, Émily se dit qu'elle pourrait enfin faire quelque chose pour rendre la chanson intéressante. Elle pourrait proposer quelque chose de plus « jeune », peut-être ajouter des phrases parlées au lieu de les chanter toutes ? Ouais ! Ça pourrait être une bonne idée !

– Vous pouvez me redire votre prénom ? fait Émily. Je pense que je n'ai pas bien compris.

– C'est Lune, jeune fille. Comme la lune. Tu avais bien compris.

– Oh ! Heu. Waouh. Hum. Renversant !

Bravo, Émily.

Elle n'est pas plus avancée. Doit-elle l'appeler « madame Lune » ? Ç'a l'air fou !

– Et vous, madame Lune (*Oh, mon Dieu, ridicule !*), vous ne trouvez pas ça trop long, de passer vos journées dans des studios comme ça ?

– Non, je suis habituée. Mais j'aime quand ça avance plus vite. Quand la chanteuse se lâche plus, je reste moins longtemps assise sur la saleté de petite chaise. Et tu peux m'appeler juste Lune, en passant.

DE QUOI ? Comment ça, quand la chanteuse se lâche ? C'est la chanson qu'il faut lâcher !!! Émily a envie d'un jus de fruits. *Tu parles d'une envie pourrie.* Elle se garde bien d'en demander.

– Tu sais, tu as une très jolie voix, lui dit encore Lune.

– Merci, répond Émily, néanmoins vexée.

– Tu devrais t'amuser un peu plus pendant les enregistrements.

– J'essaie ! Mais je déteste la chanson ! Elle est super nulle.

Émily se plaque la main sur la bouche.

Oh… mon… Dieu !

Et si Lune était amie avec le dinosaure ? Deux éléments de la nature, c'est fait pour s'entendre !

Mais Lune éclate de rire. Émily sursaute tellement cette fois encore qu'elle sent son cœur sauter trois battements. *Oh non, pitié, pas encore le hoquet !*

Non, pas de hoquet cette fois. *Ouf.*

– Tu trouves ça mauvais à ce point-là ? demande Lune en riant et en s'essuyant le front avec un mouchoir.

– Je m'excuse. Je voulais pas dire du mal de… ben…

– Non non, c'est pas grave, la rassure la femme en rangeant le mouchoir dans sa poche. Qu'aurais-tu aimé chanter ?

– J'aurais aimé quelque chose de plus… Je sais pas, moins ennuyeux ? Moins bébé ?

– Mais tu n'as qu'à chanter de façon moins bébé, jeune fille.

– Je peux pas chanter moins bébé, C'EST bébé.

– Mais c'est à toi de la transformer ! Fais des demandes en studio. Tu restes là comme une potiche. T'es pas une potiche, si ? Parce que j'en ai vu, des potiches. Alors, une potiche de plus ou de moins…

– Je peux demander des choses ? murmure Émily, intimidée par le ton de Lune.

– Dans la vie, jeune fille, il faut demander des choses. C'est comme ça que ça marche.

Émily regarde Lune qui s'essuie encore une fois le

front. Elle sent que, malgré son apparente indifférence, cette femme sera derrière elle en studio, et ça lui donne espoir. C'est confirmé : Mme Gentilly ADORERAIT Lune.

– Bon, dit cette dernière en rangeant de nouveau son mouchoir. C'est l'heure de retourner dans l'aquarium. Viens.

Émily réfléchit dans le couloir alors que Lune frôle la crise d'asthme au moins trois fois. En entrant dans le studio, la jeune fille regarde Truc-Bolduc qui est en train de discuter avec Jeff-Marc. C'est le moment.

– Est-ce que je peux proposer quelque chose, moi aussi ? demande-t-elle en se plaçant entre eux.

– Heu… oui, répond Bolduc, légèrement surpris.

– Puisque vous pouvez transformer la musique avec vos boutons, serait-il possible de la ralentir ?

– Ah. Heu…

– Je pense que ma voix prendrait plus de place, j'aurais plus de plaisir aussi. J'ai envie d'essayer quelque chose. Est-ce que je peux ?

– Si tu veux. On peut voir ce que ça donne.

– OK.

Émily passe de l'autre côté, se coiffe des écouteurs et se tient bien droite devant le micro. Marc-Jeff lui fait écouter les différents rythmes que pourrait prendre la musique. Émily arrête son choix sur un rythme qui lui semble propice à quelque chose de plus… sensuel. Pourra-t-elle transformer cette petite comptine en quelque chose de sensuel ? Hum. Gros défi.

Essayez de chanter *Frère Jacques* cool, on en reparlera.

– Attendez, dit encore Émily. Je trouve l'introduction trop courte. Peut-on, genre, l'allonger ? Je voudrais pouvoir m'amuser un peu sur la musique avant de commencer à chanter.

– On peut faire une boucle, oui, fait Jeff-Marc.

Émily s'est promis de s'amuser cette fois, et elle va le faire. Mme Gentilly serait fière d'elle. Elle se met à danser. Elle sent la musique entrer en elle. Bon, c'est de la MAUVAISE musique, mais, au moins, le rythme lui plaît. Elle décide alors de répéter quelques phrases du refrain avant de commencer. Voilà qui atténue un peu le côté trop sage de la chanson.

Accroche-toi, Dino !

D'ailleurs, Dino le dinosaure fronce les sourcils de l'autre côté de la vitre. Émily est tentée de tout arrêter, mais Lune lève son gros pouce dans un coin. OK. Elle va continuer. Mais en fermant les yeux, pour éviter d'être déconcentrée.

Émily entame le premier couplet. Elle change légèrement la mélodie pour en faire quelque chose d'un peu plus langoureux. Puis elle dit certains mots au lieu de les chanter. Ça donne un effet plus « moderne » à cette espèce de chansonnette coquette.

Émily ouvre les yeux. La musique s'est arrêtée d'un coup. L'adolescente voit que tout le monde se parle derrière la vitre, mais elle n'entend rien. Lune gesticule et Émily a peur que tout le studio s'écroule.

– Qu'est-ce qui se passe ? demande-t-elle d'une petite voix.

– Rien, Émily, répond Jeff-Marc. Il faut juste refaire la structure de la chanson avant de te faire chanter. Peux-tu venir nous rejoindre de ce côté ?

Émily obéit en se disant qu'elle a exagéré. Elle regarde Lune qui lui fait un grand sourire, mais elle n'est pas rassurée. Truc-Bolduc ne la regarde pas, il est en train de parler à ce bon vieux Dino.

Dino a l'air HORS DE LUI.

Dino est devenu *Tyrannosaurus rex*.

Oh… mon… Dieu!

– OK, viens t'asseoir, Émily, lance Marc-Jeff. On va discuter un peu de ce que tu voudrais.

– J'ai fait quelque chose de mal ?

– Non non, pas du tout. Tu as fait quelque chose qui n'était pas prévu, c'est tout. Mais ce que tu proposes est vraiment intéressant, alors on va s'arranger pour que ça marche.

– OK.

– Premièrement, on va établir combien de mesures d'intro il te faut. Ensuite, combien tu veux de mesures pour chaque couplet. On va refaire la structure de la chanson pour que tu sois à l'aise. Prends des notes. Je propose déjà de donner trois mesures de *bridge* et…

– Waouh. Heu… c'est quoi, le *bridge* ?

– C'est la partie de la chanson qui n'est ni le couplet ni le refrain.

– Ah oui, OK, la partie pas rapport.

– C'est ça. Si tu en as plus, tu pourras t'amuser davantage avec ton *spoken word*.

– Mon quoi ?

– Tes mots. Quand tu dis et répètes les mots au lieu de les chanter. Comme ce que tu as fait tout à l'heure.

– Ah, OK.

Marc-Jeff parle, parle et parle. Il a l'air beaucoup plus éveillé qu'en début de journée. Émily remarque que ses idées vont dans le même sens que les siennes. Elle réalise alors avec joie qu'il a compris ce qu'elle essaie de faire, mais que lui, au moins, il sait COMMENT y arriver.

Jeff, car c'est son nom (Émily vient d'entendre Marc l'appeler Jeff ! – une bonne chose de réglée), repasse la chanson sur la console et effectue des copier-coller sur son ordinateur. Son écran est rempli de graphiques identiques à ceux qu'elle a vus chez son oncle Alain.

Truc-Bolduc sort du studio, suivi de Dino-Tyranno. Tous deux ont l'air un peu énervés. Émily est soulagée de les savoir maintenant à l'extérieur.

– L'auteur-compositeur est fâché, je pense, dit-elle.

– Pauvre chou, fait Lune en se rasseyant.

– Il a rien à dire, déclare Jeff. Il a vendu sa chanson. Elle ne lui appartient plus.

– Ah non ?

– Eh non.

– Et M. Bolduc ? Il a l'air fâché aussi.

– Ben, c'est à lui de réparer les dégâts, lâche Lune depuis sa petite chaise. Il a accepté que l'autre vienne en studio. Maintenant, il doit lui rappeler qu'on peut faire ce qu'on veut avec la chanson.

– On peut même changer les mots ? demande Émily avec espoir.

– Non, on peut pas, répond Jeff. On peut pas changer la mélodie non plus. Mais on peut, disons, l'adapter à notre goût. Ce que tu as très bien fait tout à l'heure.

– Merci, souffle Émily en rougissant.

Elle comprend avec étonnement que Truc-Bolduc est moins buté qu'elle ne l'avait cru au départ. Ainsi donc, il est de son côté, lui aussi…

– OK, on essaie, dit Jeff en souriant. Va de l'autre côté. Je pense que ça va être cool.

– Ouais, OK, acquiesce Émily en sautillant jusqu'au micro.

Elle s'éclate en chantant la chanson une première fois. Puis une deuxième. Et une troisième. Lune s'est levée de l'autre côté de la vitre et danse, les deux bras en l'air. Émily a envie de rire.

Elle ajoute des trucs. Des mots. Des sons. Elle se rappelle la façon de jouer de William lorsqu'il était derrière la batterie. Il s'amusait à dérouter le public, comme s'il racontait des blagues en jouant. Elle chante comme William jouait de la batterie.

Si tu me voyais, William, se dit Émily, et sa voix se casse au milieu du huitième enregistrement. Une montée d'émotion sublime.

Enfin ! s'exclame intérieurement Jeff.

À moins que ce ne soit Marc.

Ou Lune.

Peu importe. Tous ceux qui sont dans le studio à ce moment-là savent qu'une chanteuse exceptionnelle est en train de naître sous leurs yeux ébahis.

Une chanteuse avec une grande carrière devant elle.

Chapitre 32

— Émily Faubert est priée de se présenter au bureau de M. Lampron.

Toute la classe regarde le haut-parleur.

DE QUOI? Pourquoi je dois me rendre chez le psychologue scolaire? se demande Émily en longeant le couloir en direction de son bureau. *Top humiliant!*

Ça doit être Hypno-Ève, la prof d'éthique, qui a organisé cette rencontre avec M. Lampron. M. Lampron et sa petite bouche pincée. M. Lampron et ses pantalons bouffants de clown. M. Lampron qui anime aussi les ateliers de pastorale. *(Chiiiiiant!)*

M. Lampron.

Émily ouvre la porte du bureau du psychologue en souhaitant qu'il soit absent. Ou alors que ce soit une erreur. « Émily Faubert? Non non, je voulais rencontrer Amélie Desrochers. Il y a eu méprise! »

Il dirait VRAIMENT le mot méprise, *en plus.*

Ou même, il dirait quiproquo *en le prononçant* koui-pro-kouo.

Pitié. Faites que ce soit un koui-pro-kouo.

Mais non, M. Lampron accueille Émily avec un grand sourire. Il n'a pas retiré les décorations de Noël de son bureau, et on est déjà mi-janvier. Franchement. En plus, il y en a beaucoup TROP. Des lutins. Des Pères Noël. Des moutons et des bergers. Des guirlandes.

– Bonjour Émily. Assieds-toi, dit-il au milieu des branches de houx.

Assieds-toi ? Assieds-toi ?

Pour trois points : Qui dit assieds-toi*, au lieu de* assis-toi *?*

Réponse : M. Lampron.

Bingo ! Trois points.

Pour trois autres points : Qui dit YouTiioube *au lieu de* YouToube *?*

Réponse : M. Lampron.

Bingo ! Trois points.

Question bonus :

Qui dit un type *au lieu de* quelqu'un *?*

Comme dans la phrase : « Il y avait UN TYPE dans mon bureau ce matin. »

Alors ? Qui ? Qui ?

Réponse : M. Lampron.

Ding-ding ! Vingt-cinq points et un Esquimau.

– Mme Cloutier m'a dit qu'elle s'inquiétait pour toi, fait Lampron. Est-ce que tu sais pourquoi ?

« NON ! » a envie de hurler Émily.

– Je ne sais pas. Je pense qu'elle a peur que je me suicide, mais je sais pas pourquoi.

– Tu as eu une peine de cœur cet été, non ?

Et c'est pas vos affaires, se dit Émily.

– Oui.

– Comment ça va maintenant ?

– Ben… heu… mieux.

– Comment tu te sens quand tu penses à ton ancien camarade de cœur ?

Émily essaie de se concentrer sur le ridicule des expressions « peine de cœur » et « camarade de cœur » pour chasser son envie de pleurer. Oh non. Elle n'a pas du tout envie de parler de ça. Elle va VRAIMENT se mettre à pleurer, et M. Lampron va lui aussi penser qu'elle veut se suicider.

– Est-ce qu'on est vraiment obligés de parler de ça ? demande-t-elle d'une petite voix.

– Non, Émily. Seulement, j'aimerais savoir pourquoi tout le monde s'inquiète à ton sujet.

– Tout le monde ???

– Ta meilleure amie s'inquiète. C'est elle qui a parlé à Mme Cloutier, tu sais. Et il ne faut pas lui en vouloir. Elle a fait ça pour t'aider. Comme nous tous, nous voulons t'aider.

Emma s'inquiète ? Pourquoi ne le lui a-t-elle pas dit, tout simplement ? Et pourquoi a-t-elle fait semblant d'être surprise quand Émily lui a dit que Mme Cloutier était sur son dos ? *Musti boa, Emma !*

– Je comprends pas, monsieur Lampron. Je sais pas pourquoi elle a dit ça.

– Pourtant, c'est une amie fiable, non ?

– Oui, répond Émily en baissant la tête.

Bien sûr qu'Emma est fiable. Tiens, il y a un sucre d'orge-canne sous le bureau de M. Lampron.

– Vous êtes amies depuis longtemps…

– Depuis plus d'un an, oui.

– Et vous êtes toujours ensemble.

– Oui.

– Alors, tu comprends pourquoi son appel à l'aide nous a inquiétés, non ?

Son appel à l'aide? Oh, mon Dieu! Il faut que je discute avec Emma.

– Parle-moi de ce que tu as fait dans les toilettes des garçons, continue Lampron.

– Quoi?

– On a décidé de ne pas sévir, de passer l'éponge parce que c'était ta première infraction ici au pensionnat. Mais pourquoi as-tu fait ça? J'aimerais juste savoir. Juste comprendre.

– J'AI RIEN FAIT! crie Émily qui sent les larmes lui monter aux yeux.

– Voyons, Émily, ce n'est pas nécessaire de te mettre en colère. Je veux juste parler.

– CE N'EST PAS MOI! crie-t-elle encore, alors que son menton commence à trembler.

Saleté de menton!

– Ta meilleure amie nous a dit que tu t'en étais vantée l'autre jour.

– QUOI?

– Elle était tellement malheureuse de venir nous dire tout ça. Elle pleurait, tu sais. Elle s'inquiète vraiment pour toi. Comme nous.

– J'AI JAMAIS DIT ÇA!!!

– Il paraît que tu lui as aussi dit que tu t'étais servie d'un petit outil à manucure pour forcer l'entrée des toilettes. Elle dit que tu aurais fait ça un soir alors que tout le monde était parti.

Émily se met à pleurer pour de bon cette fois. Comment Emma a-t-elle pu lui faire une chose pareille?!

– Je. Sais. Pas. Pour. Quoi. Elle. A. Dit. Ça, hoquette Émily.

– Tiens, prends un mouchoir.

– C'est. Pas. Vrai. Mon. Sieur. Lam. Pron, poursuit Émily en tentant de calmer ses sanglots. C'est. Pas. Moiiiiiii.

Elle renifle bruyamment. « Snif. »

– C'est. Pas. Moiiiiii.

« SNIF. »

– Je. Com. Prends. Plus. Rien. Mon. Sieur.

« SNIF SNIF. »

Émily va mourir noyée dans sa morve à l'intérieur de ce bureau. Elle était tellement heureuse depuis quelques semaines ! Les dernières séances d'enregistrement ont été formidables, et maintenant qu'elles sont finies, elle a hâte d'avoir le retour de M. Trahan. Et voilà que le monde lui tombe de nouveau sur la tête ! Que va dire sa mère ?

Oh… mon… Dieu !

Que va dire sa mère ?

M. Lampron décroise et recroise ses jambes. Voyant qu'Émily semble se calmer un peu, il reprend la parole doucement :

– Tu as manqué beaucoup de cours, ces derniers temps. Pour des séances de chant, c'est ça ?

– Oui, répond Émily en tentant de garder son calme pour ne pas se remettre à hoqueter comme un bébé. *(Top humiliant.)*

– Mme Cloutier m'a dit que, depuis, tu avais changé de look, continue M. Lampron. Que tu avais commencé à t'habiller plus sexy. À te mettre du vernis à ongles, par exemple.

OH, MON DIEU ! Oui, elle met maintenant du vernis à ongles rose, et alors ? Ça ne fait pas d'elle une graffiteuse de toilettes !

– Pourquoi tu fais ça ?

– C'est juste du vernis !!!

– Mais tu te remets d'une peine de cœur. Et tu vis des choses d'adulte. Tu pourrais avoir eu envie de te sentir… désirable. Non ?

LE LIEN, S'IL VOUS PLAÎT ?! a envie de crier Émily.

– Non, souffle-t-elle en malaxant son mouchoir qui est devenu une petite boule mouillée dans sa main. C'est un cadeau, c'est tout !!! Ça n'a rien à voir avec le chagrin d'amour ou les toilettes ou le studio de chant !!!

– Alors, comment expliques-tu que le graffiti soit fait avec ton vernis à ongles ? demande M. Lampron sur un ton plus sec.

– Avec mon vernis ? fait Émily qui se remet à pleurer.

– Oui, Émily. Ton vernis rose brillant.

OH… MON… DIEU !

Émily se sent humiliée. Personne de son âge ne pleure autant devant un adulte. Surtout pas pour une punition. Mais ce qui arrive est monstrueux. Sa meilleure amie l'a trahie. Sa réputation à l'école est détruite.

Sa vie se désagrège comme son mouchoir.

– Il faut que tu te calmes, Émily, murmure M. Lampron.

– C'EST PAS MOI !

– Je veux bien te croire, dit-il en se penchant vers elle. Mais j'aimerais que tu réfléchisses un peu. Nous avons passé l'éponge pour cette fois. Je suis prêt à t'aider. Mais la prochaine fois, tu seras punie, Émily. Moi, je veux juste t'aider, j'aimerais que tu le comprennes. Et Maud aussi veut juste t'aider.

Maud ? Maud ? MAUD ?!!

C'est ELLE, la meilleure amie qui est allée voir Hypno-Ève ? Maud ? Et le vernis ? Le VERNIS ! Les outils de manucure ! Tout s'explique !!! Émily en a le souffle coupé. C'est Maud qui a tagué dans les toilettes ! C'est Maud !!!

Mais M. Lampron est beaucoup trop impliqué pour que ça vaille la peine de tout lui expliquer. Il croirait qu'elle fabule. Il serait même capable de penser qu'elle a des hallucinations. Ou qu'elle est paranoïaque.

Émily a la soudaine impression de jouer le rôle principal dans un film. Que tous les spectateurs savent qu'elle n'a rien fait, mais qu'elle n'arrivera pas à le prouver avant le générique. Elle est Angelina Jolie. En deux secondes, ses lèvres viennent de grossir d'un bon gramme.

C'est le Hibou qu'il faut aller voir, se dit-elle. *TOUT DE SUITE.*

– Est-ce que je peux partir maintenant ? supplie Émily en s'essuyant une millième fois son nez qui commence à peler.

– Oui, tu peux t'en aller.

Émily sort du bureau en courant. Elle ne voit plus rien, pas même les élèves dans le couloir qui la regardent étrangement. Elle n'a pas réalisé qu'elle sort en pleine récréation et qu'elle n'a pas ses affaires pour le prochain cours. La musique du film s'accélère. C'est la meilleure scène, celle de la poursuite.

Sa mission : trouver Emma et filer dans le bureau du Hibou.

TOUT DE SUITE.

Chapitre 33

Après tout
Tout le monde espère
La fin de l'hiver
Qui arrive toujours
Karim Ouellet, *Après tout*

– La bonne nouvelle, c'est que je vais ENFIN voyager ! dit Emma. La mauvaise, c'est que ce sera avec Simon-Cassos !!! Pourquoi faut-il toujours qu'il y ait une mauvaise nouvelle ?

Emma est assise sur le lit d'Émily dans le solarium. Les deux filles s'empiffrent de M&M's. Emma et Simon ont gagné la finale départementale d'Expo-Sciences il y a quelques jours. Ils représenteront leur ville lors de la finale régionale dans un mois…

… Avec un projet de jardinage !

Pfff.

Aucune chance.

– Emma, la finale a lieu à Sherbrooke, fait Émily. C'est pas assez loin pour dire que c'est un voyage !

– Ben pour moi, c'en est un ! On va à l'hôtel !!! J'hallucine. C'est MUSTI cool, l'hôtel !!! HEY ! Je viens de réaliser quelque chose… J'espère que je serai pas dans la même chambre que Simon ! IMAGINE !!!

– C'est sûr que vous allez être dans la même chambre !

– TU PENSES ? Noooooon. Ils mettraient pas des filles et des garçons de notre âge dans la même chambre. C'est IM-POS-SI-BLE.

– J'sais pas, répond Émily en enfournant au moins quatre M&M's dans sa bouche.

– Oh, si j'avais été avec Chung… marmonne rêveusement Emma.

Elle a trouvé dans son casier une carte de Saint-Valentin de la part de Chung. Une carte vraiment jolie avec une fée dessinée dessus. Une fée qui jongle avec des cœurs. Émily a trouvé ça tellement ultra-supra-charmant de la part de Chung, de penser à une fée pour Emma. Elle qui est si complexée par sa petite taille ! Une fée ! C'est indéniable, Chung est PARFAIT.

Emma se contente pour sa part d'oser lui SOURIRE DE TEMPS EN TEMPS lorsqu'elle le croise. Pour elle, c'est « énormément beaucoup », parce que la carte n'est pas signée et qu'elle continue de dire qu'elle n'est pas forcément de lui.

– Je ne suis plus certaine qu'il flashe encore sur moi, a déclaré Emma.

– Ben voyons ! Il te regarde tout le temps.

– Mais moi, je le VOIS PAS me regarder.

– Fais-moi confiance. Il te regarde TOUJOURS.

– Peut-être que tu imagines qu'il me regarde, mais qu'en fait il veut plus rien savoir de moi…

Pauvre Chung. Si ça continue comme ça, ils ne seront toujours pas en couple au bal des finissants... dans trois ans et demi!!! se désole Émily.

– Ton iPhone vibre, dit Emma.

– Oh. C'est un message de Francis sur mon Facebook.

– Ton téléphone vibre chaque fois que tu reçois un message Facebook?

– Oui. Je filtre tout maintenant. Disons que je suis devenue un peu parano, répond Émily en lisant son message.

– Et pas qu'un peu! Alors, qu'est-ce qu'il dit?

– Il m'envoie encore un lien. Ça s'appelle «Les oiseaux meurent partout dans le monde». Qu'est-ce que c'est que ça?

– Il est pas gai, lui! rétorque Emma.

– Arrête, il est tellement adorable. Attends, je vais regarder.

Émily clique sur le lien. Sur son iPhone s'affiche un article de journal qu'elle s'empresse de lire attentivement pendant qu'Emma essaie de jongler avec des M&M's.

– Hé! c'est hallucinant! s'exclame Émily en gardant les yeux baissés sur son téléphone.

– Quoi?

– Il paraît que les oiseaux se mettent à mourir un peu partout.

– Hein?

– Ben, c'est ce qui est écrit. Les oiseaux tombent du ciel. Paf. Raides morts. C'est arrivé aux États-Unis, en Suède, en France, au Mexique et même ici au Canada.

– Mais c'est musti bizarre!

– Ouais. Ils tombent par centaines d'un coup. Waouh.

– C'est peut-être encore Maud la responsable ?

Les deux filles éclatent de rire. Les événements des derniers jours ont éprouvé Émily. Emma essaie de redonner le sourire à son amie chaque fois qu'elle le peut.

– Oui, peut-être ! Ha ha ha ha ha !

Après avoir tout raconté au Hibou, Émily et Emma ont dû se confronter à Maud dans le bureau du directeur, mais celle-ci a tout nié. Elle a gardé les yeux secs et a eu l'air tellement sûre d'elle que c'en était enrageant.

Émily est surprise parce que Maud n'a pas été suspendue. Ni punie. Elle continue à dire qu'elle n'a rien fait. Or, Émily n'a plus aucun doute. C'est bien elle qui a tout manigancé. Mais pourquoi ? Mystère.

Résultat : Maud est allée deux fois dans le bureau de M. Lampron en une semaine. Et elle ignore superbement Émily depuis.

– Elle a dû lancer un mauvais sort aux oiseaux, dit encore Émily en riant.

– Ou alors elle a vaporisé du vernis à ongles dans le ciel.

– Dans plusieurs pays ?

– Elle a des complices.

– Ha ha ha ha ha !

– Dis, lance Emma, t'as toujours pas eu de nouvelles de son père ?

– Si, j'en ai eu ! répond Émily, excitée. Son assistant a téléphoné justement hier. Je les rencontre après-demain. J'imagine que c'est pour me parler de la démo.

– Il était temps qu'ils te rappellent !

– Ouais. Je me demande ce qui va se passer. Ils ont insisté pour que ma mère m'accompagne.

– Ça veut dire qu'ils vont te faire signer autre chose. Un contrat de disque, peut-être!

Oh... mon... Dieu!

Un contrat de disque. Ce serait tellement génial. Fabuleux. Extraordinairement merveilleux. Émily s'imagine déjà en studio tous les jours. Elle a fait ses preuves pendant les séances d'enregistrement. Peut-être la laisseraient-ils cette fois chanter la chanson qu'elle a écrite avec Francis...

Francis pourrait peut-être venir en studio avec elle? *Oh! comme ce serait cool*, se dit Émily. Elle lui présenterait Jeff. Et Truc-Bolduc.

Émily doit l'admettre, elle s'ennuie de son drôle d'ami. Elle le voit une fois par semaine pendant les répétitions du groupe, mais lorsqu'il est avec les autres, il ne lui parle pas beaucoup.

Le problème, c'est qu'elle n'ose pas aller le voir pendant les récréations et encore moins dans la salle commune. Premièrement, il est en troisième, et elle n'est qu'une petite (façon de parler, ils ont la même taille) de cinquième. Deuxièmement, quand elle le voit, il est toujours avec Rachel. Elle aurait l'air débilos d'aller les déranger.

– Je peux? demande Emma en désignant l'iPhone.

– Encore pour jouer à Rolando?

– Nan. Pour voir mon Facebook. J'ai fait une demande d'amitié à Elton hier. Il m'a peut-être écrit...

– Non?! Tu l'as vraiment fait?

– Oui.

– Waouh, Emma! Je te félicite.

– Comme AMI, j'ai dit. Il est pas dans mon statut marital. Il est juste dans mes AMIS.

– Han-han, fait Émily en souriant.

– Pourquoi « han-han » ?

– Pour rien. Pour rien.

– Hé ! moi aussi, j'ai reçu le lien des oiseaux, dit Emma après avoir ouvert sa page.

– AH OUI ???

– Oui. C'est Laurie Costa qui me l'a envoyé. Waouh. Si c'est vrai, cette histoire, c'est musti terrifiant.

– Ouais.

Mais Émily n'a pas envie de parler des oiseaux. Elle a seulement hâte d'être de retour dans les studios de Luc Trahan. Et de le rencontrer enfin.

Chapitre 34

– Qu'est-ce que ça veut dire, « résilié » ? demande Émily d'une voix blanche.

Elle a bien vu que sa mère semblait fâchée. Il y a quelque chose qui ne va pas. Truc-Bolduc et Lune sont assis en face d'elles. Luc Trahan n'est toujours pas là. Et Émily pressent une catastrophe.

– Ça veut dire « annulé », répond sa mère.

– Oui, ça veut dire « annulé », répète Truc-Bolduc. M. Trahan a décidé de ne pas donner suite.

– Attendez, je comprends rien, fait Émily en sentant la panique s'emparer d'elle. Vous voulez dire qu'on arrête là !?

– Oui, c'est ça.

– Vous avez pas le droit ! crie Émily. J'ai signé un contrat ! Ça disait que vous alliez faire écouter la démo et qu'ensuite…

– Si, Émily, dit sa mère qui a l'air aussi en colère qu'elle, ils ont le droit. Il y avait une clause dans le contrat en cas d'annulation. Ce que je ne comprends pas, poursuit-elle en s'adressant à Bolduc, c'est pourquoi le contrat est annulé aussi soudainement. Et, surtout, APRÈS avoir tout enregistré.

– C'est une décision de M. Trahan, précise Truc-Bolduc.

– Il a pas aimé ce que j'ai fait ? demande Émily qui sent tout son corps se mettre à trembler.

– C'est pas ça, Émily, intervient Lune en balayant l'air de sa main. Ça n'a rien à voir avec la qualité de ton travail. En fait, il ne l'a même pas entendu, c'est ça le pire.

– Mais alors, pourquoi ? répète Émily en priant pour ne pas se mettre à pleurer.

– Il arrive que M. Trahan change d'avis, déclare Truc-Bolduc.

– Je vois, répond Annick en durcissant le ton, tout en affichant un étrange sourire. Maintenant que nous savons qu'il a changé d'avis, nous allons nous dire les choses franchement, voulez-vous ?

Émily remarque que la pomme d'Adam de Truc-Bolduc se met à monter et à descendre plus vite que la normale. Sa mère est la meilleure avocate du pays. Elle le sait. Et lui aussi le sait. Émily n'a jamais été aussi contente d'être la fille d'Annick Salazar.

– Maud Trahan va à la même école que ma fille, poursuit-elle. (Pomme d'Adam qui monte.) J'imagine que vous êtes au courant. (Pomme d'Adam qui descend.) Comme vous êtes peut-être au courant qu'elle a porté des accusations graves contre Émily. On appelle cela de l'intimidation. Ou encore une atteinte à la réputation. (Pomme d'Adam qui monte.) Alors, ce que je comprends, monsieur Bolduc, c'est qu'à cause d'une adolescente de quatorze ans, le contrat que ma fille a décroché est annulé. (Pomme d'Adam qui descend.)

– Je ne s…

– Je n'ai pas terminé, dit-elle. Je m'interroge sur la validité morale d'un tel motif de résiliation. Je m'interroge aussi sur l'intérêt public de la chose. Mais le contrat est signé et vous êtes en droit de l'annuler légalement. Et de faire disparaître cette bande démo, n'est-ce pas ?

– Madame Salaz…

– Je n'ai toujours pas terminé. (Pomme d'Adam qui monte.)

Waouh ! Elle est restée super longtemps en bas ! se dit Émily.

– Ce que je veux, continue Annick, c'est une copie de la bande démo. Nous savons qu'il n'y a aucune possibilité pour nous de nous en servir professionnellement, puisque les droits vous appartiennent. De toute façon, la résiliation du contrat nous empêche tous deux d'en faire une utilisation publique. Seulement, vous allez offrir cette compensation minime à ma fille. Une copie. Un souvenir, si vous voulez.

– Nous allons voir ce que nous pouvons faire, mad…

– Croyez-moi, vous ne voulez pas m'avoir à dos, monsieur Bolduc.

– Attendez ici quelques instants, je reviens.

Truc-Bolduc sort du bureau, les laissant en compagnie d'une Demi-Lune qui a l'air de vouloir disparaître derrière un nuage.

Émily est en état de choc. Elle n'a rien compris du discours que sa mère vient de servir à l'assistant de M. Trahan. Elle sait seulement qu'Annick avait l'air très sûre d'elle. Celle-ci pose d'ailleurs sa main sur la cuisse de sa fille comme pour dire : « Tout va bien. »

Ne pleure pas, ne pleure pas, se répète Émily.

Truc-Bolduc revient assez rapidement dans le bureau en faisant des efforts pour afficher un calme serein. Or, Émily voit bien que sa pomme d'Adam joue encore au yoyo. Monte, descend. Monte, descend. Monte, descend.

– Bon, c'est une mesure exceptionnelle. Sachez que nous ne faisons pas cela habituellement et que…

– Épargnez-moi vos boniments, s'il vous plaît. La réponse est oui ?

– Oui. Vous pourrez venir chercher une copie demain, moyennant quelques signatures.

– Voilà.

Émily regarde Lune lui faire un sourire triste et suit sa mère hors du bureau. Une fois dehors, celle-ci la prend dans ses bras.

– Ma louloute, dit-elle en la serrant très fort.

– C'est pas vrai, hein ? J'ai mal compris ?

– Si, tu as bien compris, répond Annick en lui caressant les cheveux.

Et dans les bras de sa mère, Émily sent son cœur se briser pour la troisième fois en un an. Crac.

William parti. Crac.

Marie-Pierre partie. Crac.

Luc Trahan parti.

Crac.

Chapitre 35

De : Alain Faubert (alain.faubert@yahoo.ca)
À : Émily Faubert (emilfaubert@hotmail.com)
Objet : Je suis là
Ma belle et chère nièce. J'ai appris ce qui t'était arrivé par Emma à la boutique ce matin. Je veux que tu saches que je suis là pour toi si tu as envie de quoi que ce soit. D'une crotte de carcajou, d'une dent de requin, d'un massage des doigts de pied. Mais surtout pour parler si tu en as envie.
Le métier de musicien est un métier qui fait souvent mal. Crois-moi, j'en sais quelque chose. J'ai mis Ann au courant de ce qui t'est arrivé. Elle est aussi outrée que moi. Mais ce n'est que le début. Tu es quelqu'un d'exceptionnel et qui a un don. La vie de quelqu'un de talentueux comme toi est une vie de trahisons, de jalousie et de coups bas. C'est une vie qui demande beaucoup de courage. Mais je sais que tu n'en manques pas.
Je t'aime.
Câlin.

De : Ann Gentilly (agentilly@yahoo.fr)
À : Émily Faubert (emilfaubert@hotmail.com)
Objet : Chant
Émily, j'ai appris la bonne nouvelle. Te voici libérée des insignifiances. Félicitations.
A.G.

Chapitre 36

– Alors, *dear*, tu vas arrêter de chanter, tout simplement ?

– Oui.

Émily se tient droite devant Mme Gentilly. Elle vient de lui annoncer qu'elle a décidé de ne pas poursuivre les cours de chant avec elle. À quoi ça sert de chanter des chansons nulles en allemand, maintenant ? Sa carrière est foutue avant même d'avoir commencé. Alors, la petite rose de Schubert, qu'elle fane. Prout.

– OK, *dear*. Au revoir.

Émily ouvre la bouche de surprise. Elle s'attendait que Mme Gentilly tente un peu de la convaincre de continuer. Elle aurait quand même arrêté les cours, mais elle aurait aimé expliquer davantage sa décision. Dire au revoir et merci comme il faut. Or, Mme Gentilly lui enlève la possibilité de le faire en terminant aussi vite la conversation.

– Quoi ? lance-t-elle. Tu t'attendais à ce que je te retienne ? Non. Tu veux arrêter, arrête, c'est tout. OK, bye.

– Je voulais vous dire merci, glisse Émily qui reste plantée au milieu du salon.

– Ah non. Remercier, ce n'est pas ça. Remercier, c'est montrer qu'on va au bout de ce qu'on nous a donné. Ne me dis pas merci. Dis-moi au revoir, c'est tout.

– Je…

– Prends ton sac. Rentre chez toi, Émily.

– Vous êtes fâchée.

– Je suis déçue. Tu renonces au premier échec. Je te croyais plus forte que ça. Mais c'est pas grave, *dear*. C'est de famille, *anyway*.

– QUOI ?

– Oui, les Faubert, tous des lâcheurs. Des lâcheurs.

– Pourquoi vous dites ça ? demande Émily qui serre les dents.

– Regarde ton oncle. Un talent musical. Un vrai. Tu as déjà entendu ses compositions ? Celles qu'il faisait au Barnard ? Et à Columbia ? *Jesus !* J'imagine que tu ne sais même pas de quoi je parle. Et maintenant, que fait-il ? Il tient une boutique.

– Il adore sa boutique.

– Mais *damn*, c'est ça, le pire ! dit Mme Gentilly en fusillant Émily du regard. Il est heureux quand même ! Et tu sais qui est malheureux ? Tous les autres. Tous les gens que tu croises dans la rue. Qui sont à l'épicerie en même temps que toi. Ou dans le bus. Tous ces gens qui n'auront JAMAIS entendu la musique de ton oncle. Qui ne savent même pas qu'elle existe. Tu imagines vivre sans Bach ? Sans Mozart ? Sans Fauré ? Parce qu'ils auraient choisi de devenir teinturiers ?

Mme Gentilly s'enflamme. Émily voit qu'elle fait de gros efforts pour continuer à parler en français alors qu'elle aurait envie de laisser aller sa colère dans sa langue maternelle. Ses yeux bleus la transpercent en même temps que ses mots. Même si elle connaît les noms, Émily ne connaît pas la musique de Bach, ni celle de Mozart, et encore moins celle de l'autre, là, Fauré. Mais elle comprend ce que veut dire Mme Gentilly.

S'il n'y avait pas eu de musique dans ses oreilles cet été, elle n'aurait sans doute pas surmonté sa douleur. La musique la rend heureuse, la transporte, la fait voler dans les airs et planer comme un oiseau. La musique allume une lumière quand il fait noir. Elle la rend… vivante. Oui. Vivante.

– Et toi, tu es comme lui, continue Mme Gentilly en baissant la voix. Tu as un don, une voix pour charmer les anges. Une voix comme on en entend une fois par siècle. Un don. Et tu fais quoi ? Tu la jettes aux ordures.

– Ce n'est pas moi, c'est Luc Trahan qui…

– Luc Trahan t'aurait fait connaître, c'est tout. Il ne t'a pas enlevé ta voix. C'est TA responsabilité de la donner aux autres. Rappelle-toi l'année dernière à la clinique. Rappelle-toi l'ivresse de la foule lors de la soirée à ton école. Rappelle-toi ce que tu fais aux gens, Émily Faubert. Et maintenant, viens me dire que tu jettes cette voix à la poubelle. Parce que c'est ça que tu fais. En arrêtant d'en prendre soin. En arrêtant d'apprendre ce que d'autres gens extraordinaires ont réussi à faire avec leur propre don. En arrêtant d'être curieuse, d'être ouverte à la musique. Mais va. Va chanter tes chansons idiotes toute seule sur ton lit. Comme avant. Va. Seulement, ne me dis pas merci. Et ne me dis surtout pas que tu n'es pas une lâcheuse. Comme ton oncle. Parce que c'est la vérité.

– Mais à quoi ça sert, madame Gentilly ? Je vais continuer d'apprendre pour rien. Personne ne va m'entendre de toute façon, rechigne Émily.

– Les gens de la clinique, c'était personne ? Les élèves de

ton école, c'est personne ? Tu as une drôle de façon de juger les gens qui t'écoutent quand tu chantes.

Émily s'assoit sur le banc de piano. Elle pense à son oncle Câlin qui a tout laissé tomber parce qu'il était trop malheureux. Mme Gentilly est dure avec lui, car selon Émily il est bel et bien allé jusqu'au bout. Mais il est vrai qu'elle n'a jamais vraiment entendu sa musique.

Est-ce qu'Émily est réellement allée jusqu'au bout, elle ?

Non, pas vraiment. C'est vrai qu'elle s'arrête au premier obstacle. Elle aime chanter. Et elle aime chanter devant un public. Elle a du mal à imaginer qu'elle pourrait retourner chanter toute seule dans le solarium. *MA responsabilité*, se dit-elle. *C'est MA responsabilité.* Elle pourrait au moins mettre sa musique sur le Web, comme Emma l'avait suggéré.

Ou encore, aller chanter dans des endroits publics, juste pour le plaisir, tiens. Il y a aussi le groupe de Jérémie, avec qui elle participera à la soirée Amateurs cette année. Avec toute l'aventure du studio, elle avait complètement négligé cet événement. C'est injuste pour les autres musiciens du groupe. Elle ne s'est pas donnée à fond avec eux.

Emma n'aurait jamais cru qu'avec Simon-Cassos, et SURTOUT avec un projet de jardinage, elle irait en finale régionale d'Expo-Sciences. Et pourtant, elle y est.

– Je n'ai pas besoin de Luc Trahan pour chanter, déclare Émily en regardant Mme Gentilly dans les yeux.

– Non, *dear*. Tu n'as pas besoin de lui.

– Mais mon oncle n'est pas un lâcheur. Le métier l'a brisé, c'est pas pareil. Moi, madame Gentilly, le métier ne me brisera pas. Pas tout de suite, en tout cas.

– Alors, lève-toi et fais-moi entendre ce que tu as fait avec *La Petite Rose, dear.*

– On pourrait pas juste chanter un peu de Pink? Pour me remonter le moral?

Mme Gentilly soupire avant de secouer la tête lentement.

– Je l'ai toujours dit: la pire ennemie de la musique, c'est la musique, dit-elle d'un air mystérieux avant de faire un geste vers le sac d'Émily. Allez, sors cet iPhone et fais-moi écouter le charabia de ce ménestrel avant que je change d'avis.

Mais Émily sait très bien que la seule chanson qui lui convienne à cette seconde précise, la seule qui puisse lui redonner le sourire, c'est *Perfect.*

Chapitre
37

Quand les files monotones se transforment
En farandoles
Et que les mains s'abandonnent
Et se pardonnent
Hôtel Morphée, *Sept ans*

— Je peux te parler une minute ?

Émily est en train de sortir son manteau de son casier. Encore une longue matinée d'école de terminée. On dirait que tous les professeurs se sont entendus pour donner des travaux de recherche en même temps. (Soupir.)

Elle a bien mérité une petite virée à l'épicerie du coin pendant l'heure du déjeuner. D'autant plus qu'Emma est à Sherbrooke aujourd'hui encore. Alors, vivement le nouveau numéro de *Fun Fun* pour faire passer le temps. Et un paquet de chewing-gums pour faire passer l'haleine des oignons de ce midi.

– Oui ? dit Émily en levant la tête.

Oh... mon... Dieu !

C'est Rachel Ifergan. La copine de Francis. Que fait-elle dans les vestiaires des élèves du collège ?

– Tu es Émily, n'est-ce pas ?

– Heu… oui.

Elle qui vient de manger un hamburger aux oignons crus !!! Aux oignons crus !!! Et elle n'a plus de chewing-gum ! Forcément, puisqu'elle allait en acheter. Elle n'en a plus. HORREUR. Haleine d'oignons.

– Je m'appelle Rachel. Je suis la copine de Francis.

– Ah humhumhum, fait Émily en baissant rapidement la tête dans son foulard Armani, qu'elle a heureusement eu le temps de mettre autour de son cou avant de répondre.

Rachel arbore un grand sourire. Émily est tellement échaudée par ce qui s'est passé avec Maud qu'elle se méfie de toutes les personnes qui pourraient l'approcher de façon amicale. Et en souriant. Surtout. Au premier kit de manucure, elle se sauve.

Il faut donc parler. Elle n'a pas le choix. Il faut qu'elle se défende. Malgré son haleine. Elle plaque sa main sur sa bouche comme si elle toussait. Bonne idée ! Une quinte de toux.

– Je (tousse) te le dis tout de suite (tousse), je veux pas (tousse) du tout te voler ton copain, dit précipitamment Émily en se forçant pour tousser.

Aïe ! Ça fait mal à la gorge !

– Francis (tousse), c'est juste (tousse) un ami de musique et…

– Je le sais, répond Rachel en riant. J'ai jamais pensé ça. Relaxe. T'es super stressée !? Et tu devrais prendre une pastille.

– Oui (tousse). J'allais justement (tousse) en acheter à l'épicerie (tousse). Tu m'accompagnes (tousse) ?

– Non, j'ai pas le temps, je veux juste te parler quelques minutes.

Crotte dure ! Émily est coincée avec sa fausse toux.

Rachel est vraiment jolie. Ce n'est pas la plus belle des finissantes (tous s'entendent pour dire que c'est Christine Vidal, la fille du ministre), mais Rachel est sans aucun doute la plus intéressante. Dans une petite école comme le pensionnat Saint-Prout, toutes les filles envient les finissantes.

Rachel Ifergan n'est pas seulement la copine de Francis, c'est aussi la fille la plus pétillante de l'école. Elle arrive tous les matins en moto, alors que les autres finissantes garent leur BMW ou leur Jaguar en faisant tout leur possible pour se faire remarquer. Il y a bien quelques élèves plus jeunes qui se pavanent en scooter Vespa au printemps, mais Rachel conduit une moto ! Une vraie !

Elle est également la seule à refuser de se plier à la règle voulant que les secondes laissent pousser leurs cheveux pour le bal. Elle les a coupés très, très court. Pour un pensionnat traditionnel comme Saint-Prout, c'est presque révolutionnaire.

Si Rachel n'était pas la copine de Francis, Émily aurait depuis longtemps osé l'imiter en se coupant les cheveux comme elle. Mais Rachel Ifergan ressemble à Natalie Portman, alors qu'Émily est plutôt du genre grande blonde que petite brune. Peut-être que ça ne rendrait pas du tout pareil.

Nicole Kidman est très jolie, songe-t-elle. *Mais les cheveux ras ? Heu… non. Ça donnerait sans doute un genre de petite tête de poussin tout au bout d'un long corps.*

En fait, Émily se dit souvent que dans trois ans elle sera aussi canon que Rachel Ifergan, mais version grande blonde.

– Je voulais juste (tousse) être sûre que tu penses pas que… reprend Émily.

– Non non. C'est pas pour ça que je viens te parler. Tu es au courant de ce qui arrive aux oiseaux ?

Bon, la conversation s'annonce longue. Il faut définitivement qu'Émily trouve un autre moyen que la toux pour cacher son haleine d'oignons, parce que ça fait trop mal à la gorge de faire semblant de tousser.

Reculer, peut-être ?

– Heu… tu veux dire : ceux qui tombent du ciel ? dit Émily en reculant tranquillement.

– Oui ! Ils tombent par milliers !!! précise Rachel. Des écoles partout dans le monde organisent des marches pour conscientiser les gens à la pollution. C'est partout sur Facebook et dans les journaux. Tu as vu ?

– Heu… Hum…

Elle recule encore.

Émily veut rentrer sous terre. En dessous de ce qu'on appelle « sous terre ». Creux creux. Plus creux que creux. Rachel Ifergan vient lui parler d'un sujet d'actualité, et Émily ne lit pas les journaux. En plus d'avoir mauvaise haleine. Première impression complètement ratée.

De quoi va-t-elle avoir l'air ?

D'un bébé de cinquième qui ne lit pas les journaux et qui pue.

Moins trois points.

– J'ai pas beaucoup lu les journaux ces temps-ci, avoue-t-elle en reculant encore. Mais je suis au courant pour les oiseaux. Ce serait donc la pollution qui les tue en plein vol ?

– On sait pas trop, répond Rachel en secouant ses boucles d'oreilles. Mais il y a une forte probabilité que ce soit ça.

– Oh.

Émily recule toujours, recule, rec… Oups, les casiers. *NON!*

– Les élèves de plusieurs écoles des environs ont décidé de faire la même chose, dit Rachel en avançant vers elle. On va se joindre à eux dans un mois pour marcher dans la rue, nous aussi. L'information circule sur Facebook, mais on aurait besoin de toucher aussi les élèves du collège. De s'assurer qu'ils vont se joindre à nous.

– Ouais, lâche Émily qui commence à essayer de rentrer dans un casier.

– Heu… est-ce que j'ai mauvaise haleine? demande Rachel en plaquant sa main sur sa bouche.

Oh, Seigneur!

– Non! NON! s'écrie Émily, contorsionnée dans le casier. C'est moi! J'ai mangé des oignons. Scuse.

Je n'ai jamais vécu de situation aussi HUMILIANTE de toute ma vie, se dit-elle.

– Ha ha ha ha ha ha! OK! Je me demande depuis tout à l'heure pourquoi tu recules, lance Rachel en s'esclaffant. T'inquiète pas. Ça me dérange pas.

– Mais moi, ça me dérange, affirme Émily, la bouche enfoncée dans son foulard. C'est la première fois qu'on se parle!!!

– Ha ha ha ha ha ha ha! Je comprends maintenant pourquoi Francis parle tout le temps de toi! T'es super drôle.

– Ah oui? marmonne Émily.

– Oui. Est-ce que tu veux nous aider, Émily?

– Qui, moi?

– Oui ! répond Rachel qui rit encore. Les élèves te connaissent depuis l'année dernière, tu sais. En passant, c'était génial.

– Oh, merci, dit Émily en rougissant, la moitié du visage toujours cachée dans son foulard.

– Alors ? Tu vas nous aider ?

– Ben, comment ?

– En passant le mot. Tiens, fait Rachel en lui tendant un petit paquet de tracts. Tu as toutes les infos là-dessus. On va sortir dans la rue un mardi matin dans environ un mois. Il faut avoir fait des pancartes et être organisés. Les oiseaux meurent, Émily. Il faut qu'on bouge.

Émily prend les flyers et les fixe quelques instants. Elle ? Avoir une influence sur les autres ? Pourtant, Rachel Ifergan a vraiment l'air convaincue.

– Je veux bien essayer, déclare Émily en tenant d'une main la pile de tracts et de l'autre son foulard devant sa bouche.

– Merci ! dit Rachel en lui touchant l'épaule. Mon adresse mail est sur le flyer. On se tient au courant deux fois par semaine, OK ? Viens aussi sur mon Facebook. Distribue les tracts aux élèves autour de toi. Va voir les sixièmes aussi. Oh et puis… Francis m'a fait écouter votre chanson, tu sais. Elle est magnifique.

– Merci, balbutie Émily.

– Merci à toi. Tu vas beaucoup nous aider en faisant ça.

Rachel s'éloigne en remettant le reste des flyers dans son sac en cuir Dolce & Gabbana. Quelques élèves présents dans les vestiaires regardent Émily avec surprise. *Eh oui ! Rachel Ifergan est venue me parler*, se dit-elle avec un sourire en coin.

C'est peut-être le moment de mettre à profit sa supposée aura de popularité ? *Ouarf. Non. Pas avec une haleine d'oignons.* Elle décide de ranger son paquet de tracts, alors que le haut-parleur émet son petit carillon annonçant un message.

« Bing bong bang bung. »

– Bonjour à toutes et à tous, fait une voix nasillarde. Vous n'êtes pas sans savoir que deux de nos élèves représentent ces jours-ci le pensionnat Saint-Preux à la finale régionale d'Expo-Sciences, à Sherbrooke. Nous venons d'apprendre que Simon Chouinard et Emma Nolin, élèves de cinquième, se sont qualifiés pour la finale nationale à Vancouver dans un mois. Vos camarades feront alors rayonner Saint-Preux dans tout le Canada. Bravo à tous les deux !

« Bing bong bang bung. »

On va fêter ça avec un chewing-gum, songe Émily, qui enfile enfin son manteau.

Chapitre 38

– On pourrait faire du Michael Jackson ? lance Zachary. Ce serait cool.

– Non, dit Jérémie. Je veux pas qu'on fasse des vieux morceaux. J'aime mieux qu'on se concentre sur du moderne.

– Ben, on peut pas faire grand-chose, se désole Cham en poussant sa longue mèche de cheveux noirs. Pour le directeur, on dirait qu'il n'y a que Hannah Montana qui soit digne des valeurs de l'école, ajoute-t-il.

– Ha ha ha ha ha ha ha !

– Ou Justin Bieber, intervient Francis en faisant un clin d'œil à Émily.

– Ouais ouais, répond cette dernière.

– Hé, Nik, fait Jérémie, si ça continue comme ça, on va finir par devenir le groupe de tes rêves.

Émily a rapidement deviné que Maud avait menti à Jérémie. Celle-ci lui avait effectivement fait croire qu'Émily désirait prendre le contrôle du groupe et qu'elle voulait en faire un groupe Bieber.

– Eh, que t'es drôle ! réplique Émily. Non. J'avoue que je sais pas trop quoi proposer, moi non plus.

Les membres du groupe viennent d'apprendre que plusieurs des chansons qu'ils ont répétées ont été refusées par la direction pour la soirée Amateurs. « Trop de vulgarité. » Pfff. Bien sûr que les chansons populaires sont vulgaires. C'est la nouvelle mode. Alors, on fait quoi ? On saute des mots ? On fait des « lalalalala » à certains endroits ?

– On devrait choisir en fonction de la musique, suggère Cham.

– Qu'est-ce que tu veux dire ?

– Ben, on devrait choisir une chanson pour son défi musical, tu sais ? Ils auraient du mal à nous l'interdire ensuite. Surtout si, musicalement, c'est bien construit.

– Pas bête… dit Jérémie.

– Pourquoi pas *All of the Lights* ? propose Francis. Le prélude est super beau. C'est de la musique classique.

– Ha ha ha ha ! Je te vois venir, Breton ! rigole Jérémie. Et il n'en est PAS question.

– Quoi ? demande Émily, amusée.

– PAS question, répète Jérémie.

– Attends, c'est génial ! renchérit Zachary. La direction va triper s'il y a de la musique classique. Et on pourra aussi s'éclater de notre côté. La chanson est bien ! Elle est pop, comme tu voulais. Émily aura quelque chose de cool à chanter et… toi aussi.

– J'avoue que c'est un beau défi, déclare Cham. Il y a une belle partition de piano.

– Et le rythme est super bon ! ajoute Zachary.

– *NO WAY*. On a déjà une fille dans le groupe, c'est assez.

– De quoi il parle ? lance Émily.

– De Rachel, répond Zachary en riant. Elle joue du violoncelle.

OH ! Émily vient de comprendre. Il y a effectivement du violoncelle dans le prélude de cette chanson de Kanye West.

– *All of the Lights*… Ouais… dit-elle avec un grand sourire. Ça me tente !!!

– Ben, il y a encore des trucs à censurer dans cette chanson, fait Jérémie, à court d'arguments. Ça parle des ghettos. Et…

– Attends, je peux pas croire qu'ils vont nous censurer le mot « ghetto » ! répond Zachary. Ça parle de pardon, cette chanson-là.

– Ben non, ça parle des gens qui bousillent leur vie, proteste Jérémie.

– Non ! Ça parle des gens qui essaient de s'en sortir ! le corrige Zachary.

– On s'en fout, de quoi ça parle ! tranche Cham. Au pire, on censure un ou deux mots. Allez ! C'est une super bonne idée. La direction va a-do-rer qu'il y ait du violoncelle.

– On n'est pas un groupe de musique classique ! On est un groupe pop, martèle Jérémie.

– Bien sûr ! On parle de l'intro seulement, réplique Cham.

– Et c'est n'importe quoi, ton argument, poursuit Zachary. Tu tripes sur Miri Ben-Ari. Et Esperanza Spalding ! Alors…

– C'est qui, Miri Ben-Ari et Espoir machin ? demande Émily.

– Ce sont des musiciennes vraiment cool, explique Francis en regardant Jérémie. Et Jérémie tripe vraiment sur elles !!!

Celui-ci hoche la tête. Il est coincé et sent qu'il ne va pas avoir d'autre choix que d'accepter.

– Je peux pas croire que je vais voir Rachel entrer ici ! marmonne-t-il en regardant le plancher.

– C'est pour la bonne cause, rétorque Zachary en riant.

– Ouais.

– Je lui envoie un texto, dit Francis en prenant son téléphone. Je suis sûr que ça va l'intéresser.

– Nik, tu as besoin des paroles ? fait Zachary.

– Non, je les connais. Enfin, je veux dire : si je fais la partie de Rihanna, je les connais. La partie de Fergie aussi, je la connais.

– Hé, Breton, est-ce qu'elle sait chanter, ta copine ?

– Oui, répond Francis en tapant son texto. Elle chante pas aussi bien que Nik, mais elle chante quand même.

– On pourrait lui donner la partie de Fergie, alors. C'est facile, c'est du rap. Oh, ça va être cool ! s'enflamme Zachary.

– Oui ! renchérit Émily, de plus en plus excitée.

– Bon, OK, vous avez gagné, dit Jérémie. Mais j'ai besoin des paroles. Tu peux me les afficher sur ton tél, Zach ?

– Yep.

Pendant que Jérémie retranscrit les paroles en écoutant l'enregistrement sur YouTube, Émily constate, fascinée, à quel point Cham a de la facilité à trouver et à jouer la mélodie sur son clavier. Elle aussi, elle a de l'oreille. Mme Gentilly le lui a dit. Elle devrait peut-être penser à apprendre à jouer d'un instrument.

– Alors, on a besoin de moi, ici ? lance Rachel en entrant dans le local.

Jérémie lève les yeux au ciel.

– Déjà ? Tu attendais à côté de la porte ou quoi ? grogne-t-il.

– Non, j'étais dans la salle de gym juste derrière.

– On aurait quelque chose à te proposer, dit Zachary en frappant sur une de ses cymbales.

– Je sais, répond-elle. J'ai lu le texto. C'est oui !!!

– GÉNIAL ! s'écrie Cham.

– Vous avez pensé à demander aussi au quatuor du pensionnat de se joindre à vous ? les interroge-t-elle, les yeux brillants.

– Heu… rapport ? fait Jérémie.

– Tu veux dire : pour les cuivres ? demande Breton. Hé, les gars, c'est vrai !!! Il y a de la trompette dans cette chanson !

– C'est sûr que ce serait plus beau que mes fausses trompettes sur le synthé, avoue Cham.

– Vous êtes MALADES ? éructe Jérémie.

– Oh, ce serait tellement cool ! s'exclame Émily. Pour une fois que les musiciens classiques auraient l'occasion de jouer quelque chose de pop !

– Ce sera comme une version philharmonique, se réjouit Zachary. Ça va être vraiment méga cool, Jé !

– Je le SAVAIS que c'était pas une bonne idée de demander à Rachel, ronchonne Jérémie. Je le SAVAIS.

– Ben, c'est ça ou du Justin Bieber, déclare Émily en souriant.

– Je prends Justin Bieber, réplique-t-il avant d'empoigner sa guitare et de se lancer dans une vibrante parodie de *Never Say Never.*

– Hé, c'est moi qui dois chanter, lance Francis. C'est moi qui ai les bons cheveux.

– Ha ha ha ha ha ha ha !

– Ha ha ha ha ha ha ha !

– Bon, qu'est-ce qu'on fait ? demande Jérémie.

– Ben… dit Rachel.

– Va demander à tes amis du quatuor, soupire Jérémie. On va essayer de leur apprendre le rap.

Chapitre 39

– Il y avait tellement de monde que je n'arrivais même pas à voir les autres stands autour de nous, pépie Emma en tournant autour de la table d'Émily. Je te le dis, j'y crois pas ! Je peux pas croire que c'est à moi que c'est arrivé.

Emma raconte pour la cent huitième fois son épopée avec Simon-Cassos à Sherbrooke, pendant qu'Émily sourit à tout le monde en tendant des tracts pour la manifestation. Toutes deux sont dans l'entrée de la salle de jeux dans l'espoir de croiser Elton Chung, mais celui-ci n'est pas venu jouer à la Xbox aujourd'hui.

– Je comprends pas comment un projet de jardinage a pu intéresser autant de monde, poursuit Emma. C'est pas comme si on avait parlé de la suite de Fibonacci ou encore des nombres complexes ! On parle de semences !!!

– Oui, mais vous avez inventé une plante, c'est pas rien. Salut ! fait Émily à l'intention d'un garçon de sixième. Tu sais qu'il y aura une manifestation le 12 ? Tiens.

Elle lui tend un flyer.

– On a pas INVENTÉ une plante, la corrige Emma. On a changé ses propriétés. Comme un OGM.

– Bref, c'est pas juste du jardinage. Salut ! lance encore

Émily à quelqu'un d'autre. Tu sais qu'il y aura une manifestation le 12 ? Tiens.

Elle tend un autre flyer.

– Quand même ! Je vais à Vancouver. À Vancouver !!!

– Avec Simon-Cassos, oublie pas. Salut ! Tu sais qu'il y aura une manifestation le 12 ? Tiens.

Un autre tract quitte la pile qu'Émily tient à la main.

– Oui mais Simon, faut apprendre à le connaître. Moi, je te dis, j'en reviens pas. Il est super doué en sciences naturelles. Il sait comment vivre en forêt. C'est impressionnant, non ?

– Tu es devenue son amie ??? Salut ! Tu sais qu'il y aura une manifestation le 12 ? Tiens.

– Ben, presque. Et puis, c'est trop fou, ce qui nous arrive. J'hallucine. J'ai serré la main de plein de monde. Comme si on était des vedettes. Comme si j'étais une rock star ! Une rock star de science. Je te jure, je me sentais célèbre.

– Tu l'es à Saint-Prout, en tout cas. Ils ont parlé de toi dans les haut-parleurs. Salut ! Tu sais qu'il y aura une manifestation le 12 ? Tiens.

– Ah oui ?

– Oui ! Salut ! Tu sais qu'il y aura une manifestation le 12 ? Tiens.

– Qu'est-ce qu'ils ont dit ???

– Salut ! dit encore Émily en regardant Emma droit dans les yeux. Tu sais qu'il y aura une manifestation le 12 ? Tiens, ajoute-t-elle en lui tendant un tract.

– Hein ?

– Non, je blague. Je suis en train de devenir folle à force de répéter la même chose. Salut ! Tu sais qu'il y aura une manifestation le 12 ? Satul ! Su tais qu'il y aura une faminestation le zoud ? J'y arrive plus.

– Ha ha ha ha ha !

– Je suis épuisée.

– Je comprends, t'es hyperactive ! Quand t'es pas en train de faire des pancartes, tu distribues des tracts.

– Mais les oiseaux MEURENT, Emma.

– Oui, oui, je sais. Je me demande bien pourquoi, d'ailleurs...

– C'est la pollution.

– Peut-être. Peut-être pas non plus, tu sais. Ça pourrait être une baisse soudaine de température, et néanmoins normale et naturelle.

– Oh, des fois, t'es fatigante avec ton extra-intelligence, Emma Nolin. Laisse-moi donc organiser ma manif tranquille. Salut ! Tu sais qu'il y aura une manifestation le 12 ? Tiens.

– Hé ! HÉ ! C'est Elton. Il arrive. Donne-moi une pile, vite !!!

– Quoi ?

– Elton en a parlé sur son Facebook. Il est super conscientisé écolo. Donne-moi des tracts !!!

Emma arrache alors une pile de flyers des mains d'Émily et commence à marcher en scandant :

– Sauvez les oiseaux ! Sauvez les oiseaux !

– Emma ! dit Elton en s'approchant d'elle avec son sourire métallisé. J'ai appris pour Expo-Sciences. Je suis vraiment content. Félicitations.

– Ah ? Oh ! Merci ! Mais c'est rien... Heu... tu sais... heu... l'important, c'est les oiseaux. Il faut ABSOLUMENT faire quelque chose. Tu sais ? Heu... l'écologie, c'est super important et je suis SÛRE que c'est la pollution qui… heu… qui…

– Oui, j'ai eu le tract, répond Elton. Mais je pense que ton projet d'Expo-Sciences est vraiment extra aussi.

– Ah… heu… ben, merci, fait Emma en regardant sa pile de tracts.

– Ben voilà. Je voulais te dire… Félicitations.

– OK.

– OK.

Elton se dirige vers les écrans géants et prend une manette. Emma revient vers Émily en sautillant.

– Il a tripé sur mon projet !!!

– Super, répond Émily en reprenant sa pile de tracts maintenant tout froissés.

– C'est cool, hein ? lance Emma qui sautille toujours.

– Ouais.

– C'est cool, le jardinage, non ?

Émily inspire profondément.

– Salut ! Tu sais qu'il y aura une manifestation le 12 ? Tiens ! dit-elle en tapant le dessus de la tête de son amie avec sa pile.

– Aïe ! Qu'est-ce que tu fais ?

– J'essaie de remettre ton cerveau en place.

– Tu penses qu'il tripe encore sur moi ?

– EMMA ! Je te réponds oui quarante fois par jour, et tu me crois toujours pas. Alors…

– Au fait, est-ce que c'est vrai que vous allez jouer avec le quatuor à la soirée Amateurs ? demande Emma en se trémoussant.

– Oui. Salut ! Tu sais qu'il y aura une manifestation le 12 ? Tiens.

– Pourquoi avec le quatuor ?

– Parce que c'est une bonne idée, tout simplement. Salut ! Tu sais qu'il y aura une manifestation le 12 ? Tiens.

– Pourtant c'est pas vraiment votre style…

– Jérémie pensait ça aussi. Mais le résultat est tellement bon, Emma !!! Même lui, maintenant, il tripe. Avec les cuivres, c'est… Salut ! Tu sais qu'il y aura une manifestation le 12 ? Tiens. C'est comme si on était à un vrai concert. Et puis, ce que fait Rachel au violoncelle est vraiment super beau. Salut ! Tu sais qu'il y aura une manifestation le 12 ? Tiens.

– Ouais, j'ai hâte d'entendre ça.

– Tu vas aimer, je pense. Salut ! Tu sais qu'il y aura une manifestation le 12 ? Tiens.

– Mais je suis pas fan de Kanye West, moi. Et depuis que Rihanna fait des clips vulgaires, je décroche un peu.

– Je sais !!! Je sais pas ce qui lui prend !!! Elle était pas comme ça avant, hein ? Salut ! Tu sais qu'il y aura une manifestation le 12 ? Tiens.

– Ouais. Le succès lui monte à la tête, je pense.

– Peut-être. Salut ! Tu sais qu'il y aura une manifestation le 12 ? Tiens.

– Hé ! Tu devrais t'enregistrer. T'aurais qu'à appuyer sur un bouton qui parlerait de la manifestation à ta place. Et tu pourrais m'écouter comme il faut quand je te raconte Sherbrooke.

– Ça fait mille fois que tu me le racontes, Emma. Salut ! Tu sais qu'il y aura une manifestation le 12 ? Tiens. C'est pas comme si j'étais pas au courant.

– Ben je veux juste être sûre que tu connais tous les

détails. Et si je raconte encore une fois, mais un petit peu plus fort, Elton va entendre.

– Aide-moi plutôt, soupire Émily en partageant les tracts pas trop froissés qu'il lui reste. Tu auras l'air conscientisée devant Chung.

– Ah oui, c'est vrai !! Donne.

Et une drôle de petite brune se met à crier : « Sauvez les oiseaux ! » autour de la Xbox.

Chapitre 40

– Pardon d'interrompre le cours, monsieur Demers.

Rachel vient de faire irruption dans la classe d'Émily. Celle-ci sent son ventre se tordre. Elle entend des élèves courir dans les couloirs.

– Allez, tout le monde, dit-elle en souriant, on sort !

Oh… mon… Dieu !

Émily a très mal dormi la nuit dernière. Préparer une manifestation n'est pas le plus difficile, finalement. Ce qui est vraiment courageux, c'est de sortir dans la rue en plein cours. Et si elle était punie ou, pire, renvoyée ?

Oh, maudit soit le jour où Rachel Ifergan est venue lui demander de l'aider.

Maudits oignons.

Maudits oiseaux.

Maudite conscientisation.

Mais M. Demers sourit.

– Eh bien, jeunes gens, le moment est venu d'aller exprimer vos opinions dans la rue. M'emmenez-vous avec vous ?

– OUI ! répondent plusieurs élèves de la classe en se levant et en empoignant leurs sacs.

Ouf. Tout se passe bien. Mais à entendre Mme Villemaire

hausser le ton dans la salle d'à côté, ce n'est pas aussi facile pour d'autres.

– Restez assis! Je vous ordonne de rester assis! Mais... mais... mais... RESTEZ ASSIS!!!

Pauvre Mme Villemaire.

Le couloir se remplit rapidement d'élèves portant des pancartes. Émily sent une grande montée d'adrénaline et court chercher celles qu'elle a confectionnées. Avec l'aide d'Emma, elle commence à en distribuer tout en marchant vers la sortie.

– C'est hallucinant! hurle Emma en sortant par la porte principale en même temps qu'un groupe d'élèves particulièrement exaltés.

Rachel a réussi, se dit Émily. *Quelle fille incroyable!*

– Rendez-vous à la statue! crie Rachel dans un gros porte-voix, depuis le terrain du pensionnat. Rendez-vous tous à la statue!

Émily prend Emma par la main en riant. Toutes deux courent rejoindre la file d'élèves qui descend dans le métro. Surprise! Les quais sont remplis d'élèves! C'est comme si toutes les écoles s'étaient déversées d'un coup dans les rues.

Les deux amies s'engouffrent elles aussi dans le wagon et se retrouvent écrasées dans la foule d'adolescents. Deux stations plus loin, tout le monde sort. Émily n'en croit pas ses yeux. La place de la statue est envahie. Des milliers d'étudiants y sont massés. Elle savait que le pensionnat n'était pas la seule école à participer à la manifestation, mais LÀ!!!!

On parle d'une MER d'étudiants.

D'un océan d'élèves.

Au loin, Émily entend une fille chanter dans un micro une chanson qui dit de ne pas tuer la beauté du monde. Des voitures de police commencent à s'entasser et à allumer leurs gyrophares. *Oh, mon Dieu! La police!!!*

– JE PENSAIS PAS QUE CE SERAIT COMME ÇA!!! crie Émily pour se faire entendre.

– IL FAUT TROUVER NOTRE ÉCOLE, répond Emma.

Émily cherche du regard d'où vient la voix de la chanteuse. Ça y est, elle voit une scène aménagée un peu plus loin.

Les deux adolescentes, abasourdies, croisent des étudiants plus vieux qui manipulent des marionnettes géantes représentant des oiseaux, et aussi des papillons, des insectes. Émily est fascinée. Elle n'a jamais vu des marionnettes comme ça: presque aussi grosses que des maisons et actionnées par quatre ou cinq personnes à la fois!

Émily ressent alors une énorme bouffée de bonheur. Oui, c'est bien elle qui a distribué tous ces tracts dans son école. Et elle marche, elle aussi. Elle marche pour que le monde change. Si toutes les écoles peuvent se vider d'un coup pour une cause, c'est que les jeunes ont le pouvoir de changer les choses. Les étudiants ont réussi à bloquer la circulation. En groupe, ils sont invincibles.

– NIKKI POP!

Le nom vient de résonner très fort dans la rue, au micro et dans les haut-parleurs. *Hein? Non. C'est une hallucination auditive. Ça se peut pas.*

– NIKKI POP! NIKKI POP!

Mais… mais… mais…

Qui dit son nom au micro? AU MICRO?! Emma se tourne vers Émily en écarquillant les yeux. Sur la scène au bout de la rue, Rachel se tient debout avec sa pancarte, le micro dans les mains.

– NIKKI POP ! Où es-tu ? Viens ici ! NIKKI POP !

Emma éclate de rire. C'est surréaliste. Des milliers de personnes entendent maintenant le nom de son amie dans les haut-parleurs.

– VAS-Y ! crie Emma.

C'est du délire, se dit Émily en se frayant un chemin dans la foule vers la scène.

– Scusez, scusez, c'est moi, Nikki Pop !

Délirant !

Émily grimpe les escaliers en bois en quatrième vitesse. Elle voit Francis qui branche sa guitare dans un amplificateur. Celui-ci lui sourit.

– On la chante ? lui demande-t-il en souriant.

– De quoi ?

– T'as compris ! On la chante ? répète-t-il.

– T'ES MALADE ??? Ici ?

– Ben, pourquoi pas ?! C'est giga-parfait, Nik ! Je suis sûr que ta chanson va toucher les gens. Allez ! Dis oui !

Émily est étourdie. Dans son exaltation, elle a oublié qu'elle a monté des marches. Donc, qu'elle est maintenant en hauteur. Et qu'elle a le vertige. Et qu'elle est sur une scène !

Elle regarde la foule amassée en bas. Les gens sont réellement des milliers à brandir des pancartes. Émily a tellement mal au cœur qu'elle ferme les yeux pour reculer, et empoigne la manche de Rachel.

– C'est du délire, fait-elle, les yeux clos. On peut pas faire ça !

– Pourquoi ?

– Parce que j'ai le vertige !!! Et puis c'est à qui, ces micros ? Et la scène ? demande-t-elle, les yeux toujours fermés.

– Ouvre les yeux, Nik. C'est à nous tous, affirme Breton-Cheveux. C'est à tout le monde. Comme la rue ! Aujourd'hui, la rue est à tout le monde !

– Chante, Émily !!! fait Rachel qui lui met le micro entre les mains. Chante !!!

Francis plaque les premiers accords de leur chanson. Ceux-ci résonnent dans l'espace. Le son est tellement fort qu'Émily, un instant, en a le souffle coupé. Elle entend une clameur monter de la foule, une foule heureuse que la musique reprenne.

Oh... mon... Dieu !

Elle va chanter devant des milliers de personnes. Sur une scène tellement haute qu'on dirait un toit de maison. *C'est surréaliste... Je vais me réveiller. Meuh ! Meuh ! Meuuuuuh...*

Elle ne va pas chanter « meuh meuh meuuuuuh », tout de même !

– Il y a encore des oiseaux. Encore, chante Émily dans le micro en regardant Francis pour ne pas affronter la foule.

La foule qui crie.

OH, MON DIEU ! Sa voix est tellement forte dans les haut-parleurs ! Tellement forte !

– Pourtant, le ciel m'ignore. Il fait beau. Cruel dehors. Parce que je suis pluie du sud au nord, poursuit Émily.

Elle sent son corps transpercé de milliers d'ondes de choc. Sa voix est soudain tellement imposante qu'elle a l'impression de la voir flotter au-dessus des milliers de têtes devant elle.

Francis la regarde en souriant et en balançant sa guitare dans les airs. Tous deux sont en train de vivre un moment indescriptible. Le garçon bouge la tête comme pour dire: «Je sais, c'est fou!», avant d'accélérer le rythme sur les cordes.

Rachel commence à frotter son archet sur son violoncelle.

Émily pense à Mme Gentilly. «Tu as une drôle de façon de juger les gens qui t'écoutent», a-t-elle dit. Elle avait raison. Ici, sur scène, devant la foule, Émily se sent tout à coup investie d'une mission. *Tous ces gens m'écoutent*, songe-t-elle. *Tous ces gens m'écoutent, moi!*

Et Émily attaque le deuxième couplet.

– Il y a encore des vagues dans la mer. Encore...

Oui, il y a encore des vagues dans la mer. Mais déjà celles-ci se rebellent et détruisent des villes côtières. C'est arrivé aux États-Unis. Au Japon. Émily ne pensait pas avoir écrit une chanson qui parlait de la planète. Mais aujourd'hui, c'est de ça qu'elle veut parler. Si tous les gens qui sont ici décident de faire quelque chose pour changer le monde, on y arrivera peut-être.

– Pourtant, l'océan colère quand je suis bateau. Et je navigue large sans escale, l'eau m'avale...

Émily sent sa voix sortir de son ventre, telle une lame de feu. Elle empoigne le micro comme si c'était un cœur palpitant entre ses mains, détache ses cheveux et regarde enfin la foule. C'est le merveilleux pouvoir, l'extraordinaire pouvoir de la musique. Émily a toujours le vertige, mais ce n'est peut-être plus à cause de la hauteur de la scène.

– Et les heures passent, mais, je crois, l'espace attend. Il me parle tout bas. Et moi, je l'entends. Moi, je l'entends.

La foule répète: «Moi, je l'entends. Moi, je l'entends.» Émily sent que son corps va éclater. Elle ne s'aperçoit pas que deux autres personnes sont en train de brancher leurs instruments à côté d'elle. Un clavier. Un violon. Des inconnus. Qui ont sauté sur la scène pour se joindre à elle.

La rue est à nous. La scène est à tout le monde.

– Il y a encore de l'herbe et des arbres. Encore. Pourtant, la terre remue quand je marche dessus. Elle secoue sa peau. Elle fait des remous. Et me jette, asphalte, à la rue.

Émily regarde en souriant les nouveaux musiciens qui ont ajouté la voix de leurs instruments à sa chanson. Francis accélère encore le rythme. La foule se met à danser. Émily est dans une autre galaxie. *Le vertige ? Pas grave. Pas grave.*

– Et les heures passent mais, je crois, l'espace attend. Il me parle tout bas. Et moi, je l'entends. Moi, je l'entends, chante-t-elle en dansant à son tour avec la foule.

Et Emma, toute seule en bas, crie à s'en faire exploser les poumons.

C'est mon amie, c'est mon amie, se dit-elle en songeant qu'elle est la petite brune la plus chanceuse du monde.

Chapitre 41

Le Monde, samedi 13 mai

Une bien mystérieuse chanteuse

À l'instar de leurs semblables partout dans le monde, des milliers de collégiens et lycéens sont descendus dans la rue hier matin pour manifester contre les gaz à effet de serre susceptibles de détruire plusieurs écosystèmes.

Sur une scène aménagée pour l'occasion, plusieurs jeunes ont pris la parole pour dénoncer les politiques environnementales ou encore pour chanter leur inquiétude. La voix la plus saisissante a été sans aucun doute celle d'une adolescente anonyme qui, micro en main, est parvenue à envoûter la foule avec un aplomb hors du commun. Il était difficile de ne pas comprendre que nous assistions à un moment unique qui scellait le destin de cette jeune chanteuse, à défaut de sceller celui d'une planète marquée par l'indifférence de ses habitants.

Personne n'a pu nous éclairer sur l'identité de la jeune artiste qui, forte de l'appui de la foule, a su rappeler aux moins jeunes d'entre nous la naissance mythique d'une Janis Joplin. Voilà enfin la relève. L'avenir nous révélera sans doute le nom de cette nouvelle égérie inspirée.

Peter Romain

Oh… mon… Dieu!

Émily, l'iPad dans les mains, vient de lire le lien que lui ont envoyé Emma…

… et Rachel…

… et Francis.

Et… William, qui a ajouté juste dessous: « C'est toi, n'est-ce pas? »

deux autres personnes sont en train de brancher leurs instruments à côté d'elle. Un clavier. Un violon. Des inconnus. Qui ont sauté sur la scène pour se joindre à elle.

La rue est à nous. La scène est à tout le monde.

– Il y a encore de l'herbe et des arbres. Encore. Pourtant, la terre remue quand je marche dessus. Elle secoue sa peau. Elle fait des remous. Et me jette, asphalte, à la rue.

Émily regarde en souriant les nouveaux musiciens qui ont ajouté la voix de leurs instruments à sa chanson. Francis accélère encore le rythme. La foule se met à danser. Émily est dans une autre galaxie. *Le vertige ? Pas grave. Pas grave.*

– Et les heures passent mais, je crois, l'espace attend. Il me parle tout bas. Et moi, je l'entends. Moi, je l'entends, chante-t-elle en dansant à son tour avec la foule.

Et Emma, toute seule en bas, crie à s'en faire exploser les poumons.

C'est mon amie, c'est mon amie, se dit-elle en songeant qu'elle est la petite brune la plus chanceuse du monde.

Remerciements

Merci à Virginie pour sa correspondance toujours aussi rafraîchissante.

Merci à Marc Britan pour ses renseignements concernant les contrats entre agents et jeunes artistes.

Merci à toute l'équipe des Intouchables pour leur soutien et leurs suggestions éclairées. Un merci tout particulier à Michel Brûlé, pour l'appui et la confiance.

Merci à Murielle Flynn pour ses encouragements.

Merci à Marie-Christine Lavallée pour ses lectures actives. Merci d'avoir fait entrer Émily Faubert dans notre maison tous les soirs.

Enfin, merci aux éditions Michel Lafon et à Guillaume Talavera pour son adaptation franchouille aussi respectueuse que créative.

conception
réalisation
mise en page
pca

44405 Rezé cedex

Imprimé en Espagne

Dépôt légal : novembre 2013
ISBN : 978-2-7499-1992-8
LAF 1768